大樂文化

你的聲音傳多遠 你的舞台就有多大

30秒打動人心的

超級演講課！

林開平◎著

CONTENTS

推薦序　台上落落大方，台下 10 年功　／朱楚文　*007*
編者序　上 13 堂超級演講課，
讓你聲音的影響力傳更遠　*009*

PART 1　你談話的主題與故事「有爆點」嗎？

第 1 堂

「開場」設爆點，別人就聽得有興趣　*015*

- 對方聽得不耐煩，你該怎麼辦？巧妙銜接法　*016*
- 對方對主題沒興趣，你該怎麼辦？設置爆點法　*020*
- 怎麼將 3 分鐘話題拉長時間呢？活用故事法　*023*
- 怎樣不讓人反感，拉近雙方距離？開自己玩笑法　*028*
- 怎樣激發聽眾思考促進互動？猜測提問法　*031*

第 2 堂

「主題」有觀點，大家會頻頻點頭　*035*

【引出法】借別人的嘴，引出自己的觀點　*036*
【挖掘法】問 Why、How……，使聽眾聚焦主題　*039*
【昇華法】發揮 4 技巧，讓你的演講有高度　*044*
【襯托法】運用故事與經歷，凸顯你的看法　*046*
【深化法】給舊觀點披上新衣，也能出奇制勝　*049*

第 3 堂

「故事」好真實，才能說進對方心坎 *053*

- 在哪些細節下功夫，會令人身歷其境？ *054*
- 投入喜怒哀樂的情感，讓聽眾產生共鳴 *058*
- 你得說真話、講真情，對方便會信任你 *062*
- 翻轉常識的故事，可以讓人眼睛一亮 *066*

PART 2 聲音傳多遠，就看你說話多「接地氣」

第 4 堂

「論述」很悶嗎？有條有理讓人驚艷 *073*

【設置視點】變換角度讓論點引人入勝 *074*
【組接材料】使你的說詞更具魅力 *078*
【反差舉例】讓你的說法更加豐富 *081*
【背離結構】製造衝突可以創造驚奇 *084*
【設計問題】巧用 3 技巧吸引聽眾關注 *088*

第 5 堂

「說服」不了嗎？有憑有據最接地氣 *091*

- 演講成功的關鍵，就是說清楚、講明白 *092*
- 新觀點怎麼說最好懂？用反諷法就對了！ *096*
- 沒人愛聽大道理，說服也要接地氣 *099*
- 如何陳述見解，讓聽眾的接受度更高？ *102*
- 活用「背後故事」，提煉你的觀點 *105*

第 6 堂

學會「修辭」技巧，用一句話穿透人心 *109*

【設問】3 種提問技巧，讓吸引力 UPUP *110*

【反語】正話反說，兼具機智與幽默 *113*

【比喻】透過明喻、借喻……，使演講有畫面 *117*

【排比】懂得駕馭排比，能發揮 3 種效果 *120*

【對比】只有正例與反例很枯燥，你得…… *123*

第 7 堂

善用「表達」方式，連嚴肅話題也動聽 *127*

【口語化】說大白話，因為你不會想聽古人演講吧！ *128*

【生動化】掌握 4 技巧，表達內容就能活靈活現 *131*

【個性化】從角度、用詞到語調，彰顯個人特色 *135*

【情感化】展現情感有 3 招，讓對方打開心扉 *139*

【藝術化】怎樣使你說話的內容蘊含美感？ *143*

PART 3 舞台有多大，就看你的「控場節奏」

第 8 堂

你如何與觀眾「互動」？ *149*

- 高手祕技：好奇心、真相與流弊的運用方法 *150*
- 為聽眾解決煩惱和問題，才會受人歡迎 *154*

- 設身處地聊對方感興趣的話題，就能贏得迴響　*158*
- 擅長對自己與他人吐槽，逗大家笑開懷　*162*
- 用 4 種互動法讓聽眾參與，學習效果加倍　*167*

第 9 堂

該如何精準「控場」？　*171*

- 說話「欲揚先抑」，造成反差效果　*172*
- 賣關子搞懸念，讓聽眾再嗨一次　*176*
- 採行 4 技巧借題發揮，彰顯你的控場力　*180*
- 利用慣性思維，創造逆轉式結尾　*184*
- 從嶄新角度打破常規，讓人耳目一新　*187*

第 10 堂

碰到意外如何「應變」？　*191*

- 上台意外跌倒，怎麼四兩撥千金？　*192*
- 麥克風斷斷續續，怎麼應變說下去？　*195*
- 氣氛比北極還冰冷？ 3 招喚起熱度　*199*
- 不小心口誤說錯話，需要道歉嗎？　*202*
- 遇到踢館刁難，你可以妙語解圍或……　*206*

PART 4 你 30 秒完美收尾，讓聽眾變粉絲

第 11 堂
說出那些「情感」豐富的小故事！ *213*

- 從 3 方面抒發情感，才不會顯得虛偽矯情 *214*
- 想營造深刻感染力，你該怎麼投入情緒？ *218*
- 怎樣借用周遭人事物，傳遞你真誠的情感？ *221*
- 融入自己的心路歷程，能讓聽眾感同身受 *225*

第 12 堂
如何讓「結尾」簡捷有力？ *229*

【總結法】學會 4 技巧，把握最基本的結尾方法 *230*
【幽默法】透過造勢、省略……，展現你的機智風趣 *234*
【名言法】為內容提供有力證明，增強可信度 *237*
【高潮法】含義要逐層加高，力度要逐句加重 *240*

第 13 堂
最後小提醒！別踩「雷區」有 4 重點 *245*

- 不想讓演講失去價值，就別文不對題 *246*
- 不想惹人反感，就別自我炫耀 *250*
- 不想顯得虛假造作，就別曲解事實 *252*
- 不想令聽眾霧煞煞，就別故弄玄虛 *254*

推薦序

台上落落大方，台下10年功

科技財經主持人／作家 朱楚文

因為工作的關係，我常有機會上台演講與主持，不管是訪問諾貝爾經濟學獎得主、主持與政府高層首長的對談，或是在企業內訓課程中擔任講師，除了對於所傳述內容的專業準備之外，能不能在舞台上成功促成對話與交流，很重要的就是表達能力。

常會遇到觀眾或聽眾問我：「到底上台要如何才能說話落落大方、反應機靈，促進現場對話活絡的氣氛？」我常會笑回：「**台上一分鐘，台下十年功。**」除了練習，如何能多學習一些技巧，對於上台表達大有幫助。

特別是演講字字珠璣，一個人要能站穩舞台，透過談話內容吸引聽眾的注意力，並非容易之事，這也是為何知名主持人或是超級企業講師身價不凡的原因。

一場成功的演講，包含了能吸引全場注意的開場、促進氣氛活絡的互動、演講者或主持人精準的控場、豐富充滿內涵的內容、隨時能化解現場危機的應變，以及一個深具觀點的主題。除了這些結構之外，肢體語言包括手勢、聲音表情、語調和音頻也至關重要。在這本書中，作者以實際案例，一一解構演講技巧的眉眉角角，並直接說明與提醒許多可能牽一髮而動全身的細節。

對於演講者或主持人來說，本書是很實用的參考來源，可以幫助我們在工作時掌握細節，創造更璀璨的舞台經驗。

我挺喜歡書中的酷點評，一針見血又犀利的點出案例中的問題，可以讓讀者眼睛一亮，從中進行自省。在人人是自媒體、表達顯得格外重要的時代，本書能導引你更有方向的學習，推薦一讀。

編者序
上 13 堂超級演講課，讓你聲音的影響力傳更遠

大多數人或許上台演講的機會不多，但在工作與生活中都需要溝通，不管是發表意見、說明事情或是抒發情感，想要讓對方聽得懂，接受你的觀點，甚至照著你的話去做，絕非一件容易的事。

如果你能做到，在職場上必然會得到上司的肯定、同事的欽羨，進而獲得更多的機會、更寬廣的空間，好好發揮自己的才能。換句話說，你的聲音傳多遠，你的舞台就有多大。

本書作者林開平是新生代演講理論家，彙整 13 個關鍵技術，從如何開場、設定主題、安排材料，到怎麼發揮表達技巧、與聽眾互動、完美收尾，幫助你迅速打動人心、掌控全場。

在本書中，這 13 個關鍵技術分為四個部分。第一個部分包含了開場、主題與材料，強調想深入人心，光是學習話術還不夠。許多演講都是「你講完，我登台」互不相關，但高手會敏銳捕捉這不相關當中的聯繫，從前面的講者或主持人的話題中吸取資訊，巧妙帶出自己的演講。

很多人是抱持學習的心態去聽演講，如果內容平淡就無法引起他們的興趣，因此講者必須鮮明表達自己的觀點，才能啟發聽眾思考，滿足他們的求知欲。那麼，該怎麼做？

當然有很多技巧，其中一個高明做法就是「借別人的嘴，引出自己的觀點」。舉例來說，某位教授在演講中提到，不少

同學經常說缺乏鍛鍊與實踐的機會，很難得到成長，於是他告誡學生：「諸葛亮 20 多歲出山，就被劉備聘為高級參謀，管理一個國家，他去哪裡實習與鍛鍊？他必定是用一些我們看來小得不得了的事情，去經歷管理更大事情的能力。」

第二個部分解說結構、說服、修辭與表達。作者強調，聽眾參與一場演講是想聽到不同的東西。為了滿足這種需求，講者要運用修辭技巧突顯自己的觀點，給人留下深刻的印象。例如，某位知名作家運用對比的技巧，指出：「世上有兩種人，一種是像起重機給大廈添磚加瓦，他們鼓勵與讚美別人，同時也提升自己；還有一種人是爆竹踩著空氣升到空中，發出巨響引人注目，他們喜歡貶低別人，其實是抬高自己。」

第三個部分提供互動、控場與應變的技巧。當講者說的內容有針對性，就可以激起波瀾，發揮感染力。製造笑果便是很有效的方法，像是知名企業家俞敏洪經常拿好友尋開心：「我在新東方算是長得難看的，但自從陳向東老師來了以後，我就比較有自信了……其實外表並不重要，真正重要的是一個人的知識、技能、生活與工作經驗、判斷力，以及你這個人的智慧。」

最後一個部分則告訴你，如何表達情感、結尾，以及避免誤入雷區。作者強調，演講就是要放入真實情感，發出肺腑之言，否則會讓人覺得很假。知名作家老舍的作品充滿幽默的智慧，在某次演講中，他開頭就說「今天給大家談 6 個問題」，然後照順序講下去，但談完第 5 個問題時，發現所剩時間不多，於是提高嗓門：「第 6，散會。」

本書完整傳授了口語表達所需要的技術，適合各行各業的人，不論是在溝通交流、開會發言、簡報提案，還是上台演講、網路直播等場合，你都可以立刻加以應用，為自己創造出發揮才能的寬廣舞台。

PART 1

你談話的主題及故事「有爆點」嗎？

第 1 堂

「開場」設爆點，別人就聽得有興趣

萬事起頭難，成功的演講要讓聽眾
感覺耳目一新、精神一振。
開場白雖然短短幾句，
但要匠心獨運，才能吸引注意力。

對方聽得不耐煩，你該怎麼辦？巧妙銜接法

很多演講活動都是「你講完、我登台」你說你的、我講我的，互不相關。但經驗豐富的講者往往會敏銳捕捉這「不相關」中的聯繫，從前面講者的演講或主持人的話題中吸收資訊，然後巧妙帶出自己的演講。

那麼，講者該如何與前者銜接，讓自己的開場白開出一朵花呢？

巧妙銜接，可以引出自己的話題

在北京工業大學「耿丹學院」舉行的 2006 年新生開學典禮上，主持人剛講完美好的校園環境和優良的師資團隊，下一位講者、《態度致勝》作者俞敏洪就接過話說：

同學們，剛剛主持人說了「耿耿丹心」，我特別認可！我希望從「耿丹」這兩個字來說一下，這兩個字特別好，因為一說耿丹，大家馬上能聯想到「耿耿丹心」，這是為人處事最重要的一個價值觀，對人、對事、對家庭、對父母都要有這種情義。耿丹其實是一個人名。儘管我沒有對他的生平做過深入研究，但在他身上可以體現出幾個重要的原則，如果同學們也能遵循的話，你也將成為一個成功人士。今天，我的演講主題是〈經歷風雨共同努力〉。

酷點評

- 演講最忌諱人云亦云，主持人難免會說出讚美或感謝的制式開場白，後續的講者不宜重複使用出。
- 講者由主持人的最後一句話，巧妙引出自己的話題，避免了老調重彈或無從說起的尷尬。

巧妙銜接，可以反駁他人謬誤

費城樂觀者俱樂部的前任會長吉朋斯（Paul Gibbons）發表演講〈罪惡〉時的開頭，堪稱巧妙銜接的典範：

沒有人比我更佩服剛剛在會議上發言的先生們的愛國精神、見識與才能。但是，人們常常從不同的角度來觀察同一事物。因此，我的觀點與他們截然不同。我想說的是，美國人是文明中最嚴重的罪犯民族。這種說法固然令人震驚，但同樣令人震驚的是，這卻是個事實。

俄亥俄州克里夫蘭的殺人犯人數是倫敦的 6 倍，按照人口比例來看，它的搶劫犯人數是倫敦的 170 倍。每年在克里夫蘭被歹徒搶劫，或是企圖搶劫而遭到攻擊的人，比英格蘭和威爾士等地被搶劫的人數總和還多。每年在聖路易遭人謀殺的人數，多過英格蘭和威爾士。紐約市謀殺案的件數多過法國全國，也超過德國、義大利或英國。

酷點評

- 講者以似褒實貶的話批駁對方言論作為開頭，銜接自己演講內容的前提，然後用實際數字舉例說明原因。
- 這個開場白不僅為演講營造氣勢，也為進一步反駁錯誤觀點奠定邏輯基礎。

巧妙銜接，可以激發聽眾興趣

有一次，某公司召開員工大會。輪到最後一個主管發言時，員工當中有的看錶，有的交頭接耳，會場開始不平靜。這位主管見狀，一開口就說：「剛才經理的演講〈時間是檢驗成果的最好方法〉，我覺得講得非常好。時間的確很重要。請大家對一下錶，看看現在是什麼時間。」

他也伸出手臂，注視著自己的手錶，情態極為認真，然後說：「現在是……9 點 20 分。我的發言只需要 10 分鐘，到 9 點半要是講不完，請前排的同仁把我從窗口扔到外面去。好了，我今天晚上的演講題目是〈做事，要有耐心〉。」

會場內頓時爆發一陣笑聲，接著便鴉雀無聲，員工開始聽他的發言。

酷點評

- 在主題單一、時間集中的演講中，聽眾容易失去興趣，因此必須一開始就引發他們積極的態度與情緒。
- 講者從手錶和前面講者的話語過渡到自己的演講，又將舉辦活動的意義與這兩者聯繫在一起。

巧妙銜接，可以昇華演講主旨

2014 年，某家電視台的春節特別節目記者會在北京舉行時，主管、貴賓等紛紛發言。大家的發言內容都是說要做好春節特別節目，但輪到總導演馮小剛講話時，他說：

前面大家都已經說出我們的心聲，我們已經做好準備接受挑戰。雖然當初我接到這個邀請，來做這個春節特別節目總導演，第一個念頭是：「為什麼是我？」第二個我想，一定會挨的。導演春節特別節目，我是個外行，準確地說我是個觀眾。讓我導這個節目不是我膽大，而是電視台太大膽。

很多人不理解，為什麼我要接這個燙手山芋？他們說我會晚節不保。我知道我無論鬧成什麼樣，都會挨罵。因為現在不是一個眾口稱頌的年代了，正常的創作者命運就是挨罵，這也是一種關注。我導了那麼多電影，也用不著在春節特別節目這個舞台上追名逐利，我做這個節目一不為名，二不為利，這是我對觀眾的一次回饋，相當於做一回義工。況且，想讓全體人都罵我，也跟想讓全體人都誇我一樣難。能讓一半觀眾滿意，我這罪也沒白受。

酷點評

- 聰明的講者善於在開場時，歸納或總結前面講者的內容，然後順勢銜接、講出重點，指出發言的意義。
- 這個開場白不僅彙整前面的發言，更闡明大家想要訴說的意思，使演講的主旨更進一步提升。

對方對主題沒興趣，你該怎麼辦？設置爆點法

蔡康永在某次演講中，描述知名畫家常玉的生平。他本來打算先講常玉艱苦的求學經歷，再順理成章地講述最終取得的輝煌成就。但是，他試著講給朋友聽時，對方一開頭就問：「常玉是誰？」

這時蔡康永意識到，常玉雖然在藝術圈內聲名顯赫，但在一般人當中知名度不高。聽眾對於一個沒聽說過的人，會有興趣聽他的生平嗎？

正式演講時，蔡康永拿著一本常玉的傳記，說：「我手上這本書，大概只比滑鼠墊大一點點，但這麼小的面積，如果上面畫的是常玉的油畫，那麼它現在的市場價格，大概是台幣 2 百萬到 3 百萬。」

這馬上引起聽眾的興趣，蔡康永再講述常玉的生平時，大家都聽得津津有味。聽眾可能不是藝術愛好者，但對於這麼小的一幅畫居然能賣到這麼高的價格，卻充滿好奇。

蔡康永曾說：「把故事爆點藏在後面，很容易讓故事廢了。」他很聰明地在故事的開頭設置一個爆點，引起聽眾的興趣。所謂爆點，就是演講中能觸發聽眾興趣的地方。如果在開場時便設置幾個爆點，一定能收到意想不到的效果。

用結論設置爆點

有位學者針對「杯酒釋兵權」發表演講：

趙匡胤的杯酒釋兵權好像很瀟灑，令人真有那種「談笑間，強虜灰飛煙滅」的感覺。實際上，趙匡胤為此付出了巨大的代價！他在釋兵權時，表現得非常慷慨——當然是慷國家、民族之慨，用《宋史》的原話說，就是「賞賜甚厚」，給眾武將開出了極為優渥的價碼。

所謂的杯酒釋兵權，其實不過是宋太祖趙匡胤「以腐敗換兵權」罷了。只要眾將放下武器、不掌兵權，不再對他的皇位構成威脅，那麼其他一切都好說。即使是大將王繼勳殺死並吃掉一百多個奴婢，也睜一隻眼閉一隻眼。

接著，這位學者講述石守信、王全斌等人，在交出兵權後驕奢淫逸的腐敗生活，並說：「天下事往往有一利則必有一弊。在帝國後期，以腐敗換兵權無異於自毀長城、慢性自殺。」

酷點評

- 一般來說，先談在「杯酒釋兵權」後，將領過著驕奢淫逸的生活，造成社會腐敗現象，再推導出演講的觀點。
- 但是，講者先拋出自己與主流觀點大相徑庭的結論，讓聽眾好奇為什麼會這麼說，於是對演講充滿興趣。

用問題設置爆點

龍應台在談論「什麼樣的國家是先進國家」時，表示：

如果閉著眼睛，讓天方夜譚的魔毯帶你飛到一個陌生的國度，就在市集中讓你降落，睜開眼，你如何分辨這究竟是已開發的先進國家，還是所謂的「開發中」國家？最好的辦法是去辦件事情。

你來自天方夜譚，算是外國人入境居留，所以到戶政機關、警察局、外交部幾個衙門去跑一趟。如果你發覺櫃檯前排隊的人很少，櫃檯後辦事的人很和氣，辦事的手續很簡單，兩個小時就辦好了所有的證件，這大概是個先進國家。

倒過來，如果人多得你連站的地方都沒有；如果好不容易你喘著氣到達窗口，裡面的人翻翻白眼說：「天方夜譚來的到一號窗口去！」而你剛剛才從 1 號窗口過來；如果在填了兩個小時表格，黏了 20 張半身脫帽照片，跑了 3 個衙門之後，你發覺所領的證件有效期只有 2 個月，60 天之後又要從頭來起……。對，這八成是個不怎麼先進的「開發中」國家。

酷點評

- 平鋪直敘的論述難免枯燥乏味。講者打開想像的大門，設想童話般的場景，更設定問題來引發聽眾的興趣。
- 講者繼續用說故事的口吻，透過一件小事的對比，陳述自己的觀點，使整個演講生動有趣、渾然天成。

怎麼將 3 分鐘話題拉長時間呢？活用故事法

很多講者都喜歡用故事當開頭，導入演講主題，這是很好的方式，但你知道該選擇什麼樣的故事題材嗎？

夾敘夾議的故事，讓開頭富含哲理

以下是〈吃誰的飯，替誰說話〉演講的開頭：

清末，法國使臣羅傑斯對中國皇帝說：「你們的太監制度將健康人變成殘疾，很不人道。」貼身太監姚勳沒等皇帝回答，搶著說：「這是陛下的恩賜，奴才們心甘情願。怎可詆毀我大清國律，干涉我大清內政！」

有人對此評論，做了奴隸而不知道自己是奴隸，中國有一類人，身處社會最底層卻有著統治階級的思想。要我說不是這樣，太監親身經歷過，怎麼會不知道閹割的苦，只是人都是趨利避害的，當著皇帝的面，他敢指責這種制度嗎？吃著誰的飯，往往就會替誰說話，現在社會上，尤其是官場上假話連篇，大部分都跟太監的心理差不多：飯碗是上頭給的，我不順著上意，那不是找死嗎？

酷點評

- 講者先舉出社會上對此故事的各種評論，再闡述自身觀點，與其他人的觀點形成交鋒，使整個分析更有趣味。
- 在故事開頭採用夾敘夾議的方式，在議論時採取衝突觀點，會使整個開頭蘊含哲理，將聽眾的思維引導至主題。

搭配呈現的故事，讓開頭更有層次

在〈人生是「熬」出來的〉演講中，有個小故事：

莫言回老家，和侄子們聊天，說到「站著說話不腰疼」這句俗語，他們竟然一臉茫然，因為從沒有彎腰割過麥子。

劉震雲小時候看姥姥割麥子總比別人快，就問訣竅，姥姥說：「就是彎下腰不直起來，直腰次數越多腰越疼。一次熬到頭兒，就沒那麼疼了。」正是「幹活原本無技巧，能熬自然效率高。」人生馬拉松很多要靠熬。日出而作，日落而息，生活工作多是重複，熬才能出頭。後浪推前浪，人生進進退退，熬住有作為。對於自己的事情不輕易放棄，不隨便離開自己的位置，就在那裡一步一步努力，熬得住，才有柳暗花明。

心靈勵志作家黃桐在《人生總要慢慢熬》一書中，告訴年輕人：「當好事降臨，不用得意忘形；當壞事來襲，不必驚慌失措。」人生中的「幸」或「不幸」，其實沒有一定。沒事，慢慢來，熬過去，是你的，總會有。

酷點評

- 講者將兩個內容相關的故事搭配著講，使得整個演講更有層次，並且增添其趣味性。
- 另一方面，透過兩個年齡層的對比，反映出年輕人對「熬」缺乏經歷與理解，深化了演講主題。

細節豐富的故事，讓開頭一波三折

周杰倫在電視節目《開講啦》中，談論自己：

其實我是一個蠻愛面子、很好勝的人。我講一個很簡單的例子：搭公車。大家都有這樣的經驗吧，人很多的時候，被擠到最後，然後被門夾到，有沒有這種感覺？有吧！

但是，我很痛卻不說出來，因為前面站著好幾個學姐、學弟和學妹。我很愛面子，然後我就不敢講。我想等到下一站，反正公車門會自動打開吧。結果，公車到下一站竟然沒有停下來。於是，我只好小聲地跟學姐說：「不好意思，你可不可以跟公車司機說一下，我的手被夾到了。」

後來想想，我覺得公車司機一定很納悶，學姐他們一定也很納悶：為什麼在第 1 站的時候不講，在第 2 站、第 3 站的時候才說。這代表我是一個很愛面子的人。愛面子又好勝，但是我覺得這幫助我在演藝圈現在的生活環境，因為我告訴自己絕對不能輸，永遠都要第一。

酷點評

- 將一件小事講得很曲折，充分挖掘細節，並誇張地處理這些細節，一波三折、充滿戲劇性，就會引人發笑。
- 如果故事本身不需要議論，不妨細緻地講述，採用誇張手法製造戲劇效果，便可以尺水興波、引人入勝。

衝突明顯的故事，讓開頭引發思考

〈沒有法治保障，大家都是弱勢群體〉演講的開頭，這樣說道：

我帶 82 歲的父親去中山醫科大學附屬醫院打針，感覺他們的排隊程序不合理，弄得父親和一群中年人一起等了好幾個小時，體力不支，就去問護士：「為什麼等這麼久？」結果她立即回一句：「大家都在等，你沒看到？」

這讓我挺生氣的，我把我對護士的「生氣」發到微博，結果竟然有十幾位網友指責我「欺負弱勢」、「不換位思考」，甚至上升到「恃強欺弱」。我一看，麻煩了，還是刪掉吧，再這樣辯論下去，我都快成「特殊利益集團」了。

我當時之所以會生氣，正是因為覺得 82 歲的父親是弱勢，醫院一點也不考量這種不合理安排，才理直氣壯。但怎麼也沒有想到，我的氣還沒有發出來，那個護士就成了「弱勢群體」的總代表…… 。

酷點評

- 對於一件事，不同的角度會有不同的解讀。這個演講引導聽眾思考，到底誰才是弱勢群體，來引發主題。
- 用故事開頭，可以站在不同角度去述說這個故事，很容易造成強烈衝突效果，增強故事吸引力，引發觀點碰撞。

怎樣不讓人反感，拉近雙方距離？開自己玩笑法

「好的開始是成功的一半」，尤其適用於演講。在開場中，有些講者喜歡擺架子、講成就，以證明自己的權威性，但這往往會令聽眾反感。誰喜歡聽一個高高在上的人說教呢？

相反地，有些講者一開始便拿自己尋開心，使演講更有親和力，贏得聽眾好感。

拿自己開玩笑，是一種幽默

新東方校長俞敏洪經常在各地的高校舉辦演講，深受廣大學子歡迎，這和他降低姿態，善於拿自己尋開心是分不開的。有一次，他應邀到一所大學演講，一開場就說：

我知道今天是星期天，同學們應該到外面去輕鬆愉快，卻留在這裡聽我的講座，有點兒不好意思。我也知道這裡有很多同學動機不純，不是來聽我講什麼，是來看我長得什麼樣。我就站在這兒，你可以隨便看。剛才我進來的時候，有同學跟我說：「這是活的俞敏洪。」我說：「我從來沒有死過啊。」我一直都活著，而且活得很好，儘管活得很艱苦，但是也活得很幸福。」

酷點評

- 講者拿自己尋開心，讓聽眾覺得站在台上的不是名人，而是可隨意開玩笑的哥們，一下子就提高大家的情緒。
- 當講者調侃自己時，自然便放低了姿態，讓自己與聽眾處在同等的位置，更容易拉近彼此的距離。

拿自己開玩笑，是一種親切

暢銷小說《哈利波特》（*Harry Potter*）作者 J．K．羅琳（J. K. Rowling），在哈佛大學的畢業典禮上演講：

首先我想說的是「謝謝你們」，因為哈佛給了我非比尋常的榮譽，而且這幾個禮拜以來，我想到這次畢業典禮的演說而產生的恐懼，讓我減肥成功。這真是一個雙贏的局面！現在我需要做的就是一次深呼吸，然後欺騙自己，讓自己相信正在參加哈利波特的大會。

在畢業典禮演說是一個重大的責任。在我的畢業典禮上，演講的是一位英國傑出哲學家，這個回憶對我寫這篇演講稿非常有幫助，因為我發現自己居然不記得她說的任何一個字。這個發現讓我釋然，使我得以繼續寫完演講稿，不用再擔心那種想成為魔法大師的愉悅，可能會誤導你們放棄在商業、法律、政治領域的大好前途。你們看，如果你們在若干年後能記住這個笑話，我就比那位哲學家有進步了。所以，設定一個可實現的目標是個人進步的第一步。

酷點評

- 講者採用幽默的手法，讓聽眾感受到她為了完成演講稿而產生的焦慮，顯示對演講的重視。
- 講者還調侃自己的記憶力，並擔心自己的小說會誤導學生，使聽眾覺得她像鄰家姐姐，提升演講的親和力。

拿自己開玩笑，是一種謙遜

部落客作家、學者楊恒均受邀演講，他一開始就說：

剛才聽到主持人介紹，這個論壇將邀請各路精英名師，現場講述從業點滴，幫助大學生展開職業生涯規劃……，我誠惶誠恐，冷汗直冒，意識到他們邀錯了講者。我只是一個部落客作家，哪路精英也算不上，我對大家的職業生涯規劃恐怕幫不上什麼忙。不過，既來之則安之吧。如果同學們不喜歡我講的，可以喝倒彩打斷我、中途離席，還可以舉牌抗議，或者乾脆向我丟鞋子。說到丟鞋子，我可是有備而來，在來之前，已經比劃著布希總統靈活的避鞋絕招，練習了幾下。若不信就丟給我試試看。不過，你們最好還是不要丟，否則從下一場演講開始，你們要麼就是登記鞋子入場，要麼就是光著腳丫進來。

酷點評

- 講者坦言自己對聽眾的職業生涯規劃幫不上忙，還允許大家離場、丟鞋子，這種低調與謙遜增強了演講可信度。若他一上場就誇口自己很行，反而會招致反感、令人懷疑。

怎樣激發聽眾思考促進互動？猜測提問法

很多人是帶著學習與敬仰的心態去聽演講。在演講過程中，平鋪直敘往往波瀾不驚，但懂得提問就能夠與聽眾良性互動，並且啟發聽眾思索，滿足他們的求知欲。所以，在演講時，提問是一個重要技巧。

自設障礙、激起猜測的提問

主持人張泉靈在〈請用行動證明你的價值〉演講中，說道：「你們知道我的第一份工作是什麼嗎？賣煤的。」台下觀眾一聽都騷動起來。張泉靈繼續說：

現在和青年學生交流的時候，有的人會跟我說：「其實這個世界上有多少人能夠做自己真正喜歡的工作呢？有多少人會把自己喜歡的職業變成終身職業呢？你是幸運的。」我經常會這樣反駁：「假如你考大學時，選的專業不是自己喜歡的，而是你父母喜歡的；你的選修課不是你喜歡的，而是證照拿得多、學分好得的；你求職不是你喜歡的，而是待遇最好的。請問，你選擇時從未把喜歡當回事，你會從事喜歡的工作，並且使它成為終身職業嗎？憑什麼？」

酷點評

- 講者一開始就向聽眾問問題，還提出驚人答案。這種提問看似砸自己腳，其實會立即促進聽眾的注意與思考。
- 採用自設障礙、激起猜測的提問，可以增強言談的吸引力和感染力，縮短講者與聽眾的心理距離。

未講先發、引起注意的提問

作家寧小逆說過這樣一段話：

什麼叫公共衛生事件？之前，我寫過一篇文章，名為〈多瑙河的突發性水污染〉。在這篇文章裡，我對比了政府之間對突發性事件的做法，我說公共衛生事件，無非是對公眾健康造成或可能造成重大損失的事件。

我還說，不要小看這些損失，民眾若不能樹立永續的環境意識，而是一味地以經濟利益作為幸福的終極目標；政府官員若不克己遵循公共事件的處理機制，而是基於私利的方式去敷衍塞責，那麼社會受傷害的總成本最終還是會由民眾和機制共同承擔。如此，就真的是全民其樂融融「熬豬湯」了。

酷點評

- 講者對於自己的提問，沒有提出準確的定義性回答，而是用自己以前的文章，進行間接的引伸性回應。
- 無疑而問的目的在於引起聽眾注意，讓他們領會兩個假設想表達的深意，這比平淡的敘述更容易讓人接受。

激發反思、問中含答的提問

2012 年，中國某位政府官員在全國會議中，這樣說：

2006 至 2010 年的 5 年間，土地出讓收入達到 7 萬多億元，這反映出的是國內土地市場的繁榮「盛宴」，但其背後，巨額的「賣地」收入如何使用值得深思。還記得歷來被譽為人間天堂的蘇杭，兩位前副市長因利用土地出讓貪汙受賄上億元，而共赴「天堂」！

這難道不令人深思嗎？土地總有賣完的時候，到了那一天，房賣了、廠賣了、地賣了，我們還能賣什麼？我們的子孫後代靠什麼生存？這能讓我們不深思嗎？當然不能。尊敬的女士們、先生們，土地出讓收入是不是應該好好管一管了？

酷點評

- 講者採取引發式的提問，多半用反問句，有時還連續反問。這樣的反問因為事實很明顯，並不需要回答。
- 反問句型的特點是答案就在問話中，不僅可以加強語氣，還能激發聽眾思考。這種技巧形成的氣勢十分震撼。

有疑而設、可答可不答的提問

企業家羅永浩在天津大學，發表〈我們的父親〉演講：

同學們，你們見過青年畫家羅中立的油畫〈我的父親〉嗎？如果見過，還記得那位動人的中國老年農民的形象嗎？讓我們再看看這幅油畫，再看一看我們的父親吧！因為，他是世界上第一個抱我們的男人，第一個聽見我們哭、看見我們笑，第一個叫我們寶貝的男人。

不管他是老是年輕，也不管他是貧是富，他都是值得我們用心去疼惜的人。要知道，這個世界，最高的不是山峰而是父親的背影；最深的不是溝壑而是父親的皺紋；最廣的不是大海而是父親的愛；最溫暖的不是陽光而是父親的懷抱。請大家和我一起默默地想像自己父親 5 年、10 年後的形象，然後在腦海中，嘗試給自己的父親繪製一幅〈我的父親〉吧。

酷點評

- 講者提問題卻沒等聽眾回答，是因為對知道的人來說是喚起回憶，對不知道的人來說則是引起注意和想像。
- 這種有疑而設、可答可不答的提問，為整個演講營造溫情的基調，更建構了骨架，讓它既感人又嚴謹。

第 2 堂

「主題」有觀點，大家會頻頻點頭

演講主題是講者對現實的觀察、體驗、
分析等提煉出的思想結晶，
一個好主題就是演講核心。

【引出法】借別人的嘴，引出自己的觀點

許多講者為了在演講中鮮明表達自己的觀點，都會事前絞盡腦汁設計一番。那麼，該如何引出主題呢？當然有很多技巧，最高明的做法是「借別人的嘴，引出自己的觀點」。

回答別人，引出觀點

張麗莉老師在某次演講中說：

曾經有朋友問我這樣一個問題：「身為一位 80 後的青年教師，在學校面對一群 90 後的學生，你們的關係是怎樣呢？」

他的問題讓我想起了一件趣事。一次課後，一位男生遞給我一張紙條，上面寫著：「對不起，我不是故意的」，末尾還附了精美笑臉的小貼圖。我莫名其妙，不知他因何事向我道歉。我笑著向他招手，他走到我面前帶著歉意表示：「下午你給我們講課，結束時要求班代表明天早自習就收作業，我當時捏著嗓子說了一句：『這是為什麼呢？』下課同學們都說我：『看你把老師說得臉都紅了』，因此我向你道歉。」一時間，一股暖融融的東西在我心中流淌。

想到這裡，我微笑答道：「課堂內，我用知識孕育成長，

用智慧開啟心靈；課堂外，我用真誠呵護純真，用信賴聆聽稚嫩。亦師亦友的我們，攜師愛同行。」

「桃李不言，下自成蹊」，兩年來，我已漸漸明白，只有充滿愛心的教師，才能培養出有作為的學生。

酷點評

- 講者透過一句「曾經有朋友問我」，說出自己難忘的教學軼事，來表達他的教育觀點。
- 人都有不被理解或接受的時候，必定會去化解質疑、傳達主張。把此情景植入演講，可以讓觀點表達得更真實。

駁斥別人，引出觀點

謝作詩教授曾在某個大學生活動中，這樣說：

很多同學經常對我說：「謝老師，我們沒有平台，沒有鍛鍊的機會，沒有實踐的機會，很難獲得成長。」我駁斥他：「諸葛亮，他是 20 多歲出山的，一出山就被劉備聘為高級參謀……。你想一想，諸葛亮一出山就是管理一個國家的層面，他去哪裡實習，去哪裡鍛鍊啊？他一定是用一些在我們看來小得不得了的事情，去提煉、鍛鍊管理更大事情的能力。」

所以，我勸大家，不要小瞧一些小活動，你們也不能簡單地做被動的參與者，你們可以組織各種活動啊，這樣你們的各種能力也得到鍛鍊了。就像參加這個活動，一開始我連個概念都不知道，但是聽完了，我就知道了。平時，哪怕就 3、5 個人，組織個小活動，也鍛鍊了你們的組織能力。聽一場學術報告，你提一個問題，那也鍛鍊了你歸納問題的能力啊。

酷點評

- 講者透過「很多同學對我說」，引出以諸葛亮為佐證的反駁論點，讓聽眾明白「點滴的活動也可鍛鍊自己」。
- 講者駁斥別人的話來述說自己的觀點，會讓聽眾看到他對觀點的堅信，甚至感受到當頭棒喝，進而產生共鳴。

【挖掘法】問 Why、How……，使聽眾聚焦主題

演講最怕觀點模糊不清，主題膚淺單薄。該怎麼辦？其實，答案可在追問中得到明確，主題可在追問中得到提煉。具體來說，可以透過以下技巧，在追問中提煉出演講主題。

追問本質的技巧

龍應台在〈教育該教而沒有教的兩件事〉演講中，指出：

讀過卡繆 (Albert Camus) 的小說《瘟疫》的，請舉手……70 人中只有 4 個，比例很低。2003 年，我因為「非典」爆發而重讀這本小說。小說從一個醫師的角度，描寫一個城市由於爆發瘟疫而封城的整個過程。

瘟疫傳出時，鎖不鎖城，有太多的重大決定要做。是什麼樣的訓練，使一個衛生官員做出正確的決定？醫學技術絕不是唯一的因素。是什麼樣的人格，使一個醫師可以走卻決定留下，不惜犧牲？是什麼樣的素養，使一個醫師知道如何面對巨大的痛苦，認識人性的虛偽，卻又能夠維持自己對人的熱忱和信仰，同時保持專業的冷靜？

卡繆透過文學所能告訴你的，不可能寫在公共衛生學教科

書裡。醫學教科書可以教你如何辨別鼠疫和淋巴感染，可是卡繆的文學教你辨別背叛和犧牲的意義、存在和救贖的本質。

酷點評

- 追問本質，就是抓住問題不放，不斷探究問題背後「是什麼」、問題本質「是什麼」的過程。
- 講者追問什麼讓小說中的官員和醫師，在瘟疫時不失風範，來精煉出要探討的教育層面主題，促使聽眾思考。

追問原因的技巧

俞敏洪在〈相信自己有改變命運的能力〉演講中，表示：

現在我們許多同學都不懂堅持，都是機會主義者。有兩個方面的原因：第一，我們從小在獨生子女的家庭長大，以至於以個人為中心的思維很難改變。這個世界上任何以個人為中心的思維，最後一定受到重大打擊，因為你一旦離開父母走到社會，就要以社會為中心打造你自己的個人；第二，這個社會本身的機會主義很嚴重。比如，我們同學一般來說，都是以賺多少錢來判斷要不要去做這個工作，而不是以這個工作是不是變成自己終身事業來判斷，這樣就會犧牲我們的理想，讓你不容易在一件事情上堅持下去。

還有就是在大學時很迷茫，分散注意力的原因很多。現在的大學除了讀書交流氣氛不濃，其他打遊戲、喝酒等氣氛都很濃。很多人，大一剛報到就到外面租房子，把自己在大學 4 年最容易接受思想、最容易改變自己命運的時刻丟掉了。

酷點評

- 追問原因，就是將中心觀點作為結論，透過現象探究根源問題，追溯產生結論的條件和原因，最終提煉主題。
- 大學生「不懂堅持」的客觀原因不能改變，而「在集體中改變自己」的主觀原因是能改變的，就精煉出主題。

追問辦法的技巧

企業家馮侖在〈真實才能走得更久遠〉演講中，說：

怎麼樣才能由簡單達到永遠？第一，需要真實。真實才有力量，真實才能夠保證你觸摸到事物最根本的規律。第二，我們也需要尊重規則，規則的遵守才能使社會簡單。為什麼大家認為社會上很多事情都很複雜，就是因為沒有規則。比如談戀愛，大家都沒有規則。女生想的幸福是 10，而男生想的幸福是 1。男生想的幸福包含著的是顛沛流離、一生一世、為理想獻身，女生想的幸福是錦衣玉食、花前月下。規則上的調適是讓大家到達同一個規則上去，這樣做事情就可以永遠。

第三，我們要簡單就必須互相尊重。互相尊重、與人不爭是永遠的制勝之道。第四，我們要簡單就需要我們用真實的一面，去擁抱別人真實的一面，這樣才能夠萬代不朽。裸露、赤裸也是一種力量，是生命最重要的本質。

酷點評

- 追問辦法就是解決怎麼辦的問題，藉由提出解決問題的具體措施和途徑，讓主題更加直觀、明瞭且聚焦。
- 講者追問「如何由簡單達到永遠」來提煉主題：因為信任所以簡單，因為簡單，我們可以真實……才能夠不朽。

追問結果的技巧

外交官王國權在〈讓決定發生在今天〉演講中，說道：

很多人都曾這麼想：「從明天開始我一定努力讀書，今天是我墮落的最後一天。」結果呢？明天繼續墮落。我以前總是說：「從明天開始我一定戒煙，今天是我最後一天抽煙。」結果呢？戒煙 1 百多次統統失敗，因為我決定從明天開始。

有一次我在醫院上班時決定戒煙。我買了兩包最凶的外國煙，決定一晚把它抽完，抽到噁心為止，然後戒煙。當晚把所有煙一字排開，一根接著一根抽，4 個小時，抽得都想吐了，我還是堅持把它抽完。我戒煙成功沒？第 2 天，我真的沒抽，到第 3 天又受不了，抽了。到現在我總算好久沒抽煙，因為我從來不告訴自己從明天開始戒煙。我只是提醒自己：「現在不抽。」只要保證現在不抽，那我相信，我都不會再抽煙了。

你們為什麼不成功，因為你們的決定總是發生在明天。

酷點評

- 追問結果，是指把存在的問題和事實作為前提，去推想與講述將產生什麼結果、意義、價值或影響。講者追問「讓決定發生在明天」的結果，進一步提煉出主題。

【昇華法】發揮 4 技巧，讓你的演講有高度

古詩說：「居高聲自遠，非是藉秋風。」唯有站在一定高度，才能鳥瞰全局，展現高人一籌的真知灼見。成功的演講不能僅流於外表，要選好觀察事物、抒發己見的著眼點和立足點，才能讓聽眾心悅誠服。該如何提升演講的高度呢？

從偶然提升到必然

媒體人單士兵在〈「索禮罵人」的教師，其實是真有病〉演講中，說道：

近日，某個高中班導師在教師節突然發飆，用整整一堂課時間大罵不送禮的學生：「窮、摳、死德性、一群廢物……。」一個老師為什麼瘋狂失控到這種地步呢？

很多人都說這是個偶然事件。但在我看來，這位老師是被現今教育體制「毒害」了。為什麼這麼說？因為「分數」是教育的唯一標準，而教師又普遍不敢挑戰僵硬的教育制度，最終只能以粗暴、簡單、機械的教育行為，來呼應那種應試教育的功利性、短期性、工具性。長此以往，這樣的教師註定會在生存艱難、精神困厄、權力控制的多重擠壓中，出現心理問題，最後讓學生成為受害者。所以我說，沒有文明、權利、自由的精神滋養，教師就不可能成長為具有理性的現代公民，而變成瘋狂辱罵學生的「病人」，當然也就不足為奇了。

酷點評

- 恩格斯指出，偶然的東西是必然的，必然性規定自己的偶然性。因此，評價偶然事件時，要試著發現其必然性。
- 講者透過教師辱　學生的事件，剖析為何會發生「教師心理不正常」的情況，使言論更具穿透力和說服力。

從表象提升到本質

作家蔡真妮在〈貪為死門〉演講中，說道：

有個小男孩跟媽媽到雜貨店去買東西，老闆打開糖果罐讓小男孩自己拿糖吃。可是小男孩一直不動手，老闆就親自抓了一大把糖塞進了小男孩的口袋中。回家後，媽媽很納悶地問小男孩，為什麼不自己抓糖果？小男孩回答說：「叔叔的手比我的手大，他抓的糖果要比我多得多！」

大家看到這個故事都會說：「這個小男孩非常聰明，懂得借別人之力達到自己的目的。」但我想說的是，小男孩只盯在自己能得到多少糖上，用心機將自己的利益最大化，他忽略了比物質更重要的東西——情義。如果男孩把這種思維方式當作處世之法，長此以往，只怕很難交到真正的朋友，因為一個佔盡便宜的人在人群中往往是最不受歡迎的。一個人的人際關係差，事業、婚姻這些生活中最基本的存在都會難以順暢。

酷點評

- 許多人誇讚小男孩聰明，但講者說這樣看只是看到表象，本質上小男孩的行為欺騙了對他友善的人。
- 想讓演講具有深度和力度，那麼在談論一件事情時，不要只滿足於表象，而要從表象中發現本質。

從微觀提升到宏觀

作家劉震雲在〈中國人最缺的是見識和遠見〉演講中，說：

我在大學做講座的時候，說夢回宋朝，上來就講孔子和顏回。一個同學站起來說：「劉老師，講錯了，孔子和顏回不是宋朝的。」這個學生不知道，由一件事情可以拓展到 2 件事、10 件事。孔子最欣賞的學生就是顏回，顏回最大的特點是聞一知十，而我們做的是把 10 縮成 1 個。這給我最大的體會是，我們的教育本身需要教育。然而，這不僅僅是教育的問題，而是整個社會形態要把 10 個答案縮成 1 個，卻不把 1 個答案拓展成 10 個。因此，我覺得中國目前不缺人，也不缺錢，中國人最缺的東西是見識，比見識更重要的是遠見。

酷點評

- 闡明一個道理時，從微觀到宏觀，以微觀彰顯宏觀，會更有高度而令人信服。講者先談論遭受學生反駁的經歷，再舉例說明學生觀點錯誤的原因，然後上升到社會問題。

【襯托法】運用故事與經歷，突顯你的看法

人們聽演講，是想聽到不同的東西。為了滿足這種心理訴求，講者必須儘快說明自己的觀點。許多實例證明，運用技巧突顯演講觀點，可以讓聽眾留下深刻印象。

在連續追問中亮出觀點

中南大學校長張堯學在〈當夢想起飛的時候，你們準備好了嗎？〉演講中，說道：

（前略）當你看到老人在馬路上跌倒、兒童在河邊落水時，你能毫不遲疑出手相助嗎？當你成為公務員時，你能運用手中的權力，為素不相識的普通百姓服務嗎？當你在生死攸關的危急關頭時，你能像「最美女教師」張麗莉、「最美司機」吳斌那樣捨身救人嗎？當我們準備自主創業時，我們能像「油條哥」劉洪安那樣用良心、誠信來經營嗎？……

我們「中南人」將會成為各界領袖、社會精英，但不要忘記，我們更是草原中的小草，大河底下的沙礫。我們要時刻記住高貴來自平凡、精英源自普通，我們在走向社會後，要講規則、講道理、講情義，要用雙肩托起祖國的明天。

酷點評

- 追問是透過問答的形式，提出一些會刺激聽眾神經的事，可以立即吸引聽眾的注意力，留下深刻印象。
- 講者先追問聽眾，但在對方陷入思索還沒回答時，趁機馬上亮出自己的觀點，催人奮進、讓人警醒。

在由此及彼中亮出觀點

在〈每一條河流都有自己的生命曲線〉演講中，俞敏洪說：

你用礦泉水瓶灌一瓶渾水，放 1 小時左右，你就會吃驚地發現，四分之三已變成清澈的一瓶水，而只有四分之一是沉澱下來的泥沙。假如把清水部分比喻成我們的幸福和快樂，而把渾濁、沉澱的泥沙比喻成我們的痛苦，你就明白了。

當你搖晃一下，你的生命中整個充滿的是渾濁，也就是充滿的都是痛苦和煩惱。但是，你把心靜下來以後，儘管泥沙總量沒有減少，但它沉澱在你的心中，因為你的心比較沉靜，所以再也不會被攪和起來，因此你的生命的四分之三，就一定是幸福和快樂的。我們每一個人是活在每一天的，假如你每一天不高興，你把所有的每一天組合起來，就是一輩子不高興。但是假如你每一天都高興，其實一輩子就是幸福快樂。

酷點評

- 事不同而道理同，在由此及彼中亮出觀點，能激發聽眾深思，有極強的啟發性。講者將清水比成幸福，將沉澱物比作痛苦，進而闡示他對幸福的觀點。

在講述經歷中亮出觀點

企業家馮侖在〈理想是生命的導航儀〉演講中，說：

當時我和王石從西安開車到新疆烏魯木齊。去戈壁灘上，車突然壞了。我們沒有辦法跟任何人聯繫，越來越恐懼，甚至開始焦躁。這時候司機下了車，他不斷地轉，不斷地在地下看，終於發現一條新車轍，我們齊力把車橫在車轍上面。然後司機說：「剩下的事情，只能等待。」然後我們開始等待。1 小時後，有 1 輛特別大的貨車在我們面前停下來。我們的司機寫了 1 個電話號碼，請貨車司機出戈壁灘後，打電話找人來救我們。結果我們又等了 1 個多小時，救我們的人果然來了。

這件事發生後，我一直在思考一個問題：「到底什麼時候最恐懼？」最恐懼的時候，實際上是沒方向的時候，有了方向，其實所有的困難都不是困難。我總琢磨，理想這件事情，就相當於在戈壁灘上突然找到了方向。

酷點評

- 理想是一個非常老的主題，講者藉由鋪陳車輛故障等扣人心弦的經歷，緊綳聽眾的神經，水到渠成地亮出他對理想的觀點，讓人牢牢記住演講內容。

【深化法】給舊觀點披上新衣，也能出奇制勝

觀點是演講的靈魂，「喜新厭舊」是聽眾的普遍心理。因此，在演講中，如何提出新穎而富有吸引力的觀點，來深化主題，是講者水準和實力的體現，也是成敗的關鍵因素。

老話新說的技巧

格力集團總裁董明珠在〈莫讓國家政策成呼吸器〉演講中，指出：

國家以舊換新等產業政策取消後，大部分家電企業都覺得很困難。實際上市場經濟本來就存在競爭，必須要優勝劣汰。如果靠政府補貼來讓企業正常運轉，那也是給企業打急救針讓它活下來，就像使用呼吸機，如果呼吸機一拿，就停止呼吸，那也是假呼吸。

我覺得政策的退出，對具有品牌、管道優勢的龍頭企業而言，倒更有利於其產品市占率的提高。未來家電行業消費重心下移的趨勢還將延續，3、4 級市場將成為行業需求的有力支撐。

酷點評

- 一個正確的觀點可以有不同的表述。用修辭手法巧妙包裝舊觀點，是創新時常用的技巧，讓人樂於接受。
- 講者將政府補貼與打急救針做類比，用通俗而新穎的比喻，給舊觀點披上新衣。

借老說新的技巧

作家劉誠龍在〈人有遠慮，必有近憂〉演講中，說：

古希臘的泰勒斯是個星象學家，他常常只是眺望遙遠的星空，而不注目腳下的小路。有一天晚上，他走在曠野之間，一心一意看著星空，一點也沒注意到腳下有一個坑，結果他就掉進那個坑裡，差點摔了個半死。

春的花朵在春天燦爛開放，花朵不去想秋天的凋零，她在春天只管把花開好，到了凋零的秋天之際，卻是她結出碩果之時。如果在春天裡只想秋的蕭瑟、冬的肅殺，那麼一念至此，則百無聊賴，萬念俱灰。心若成灰，身體即多疾；心若成灰，事業即多敗。無好身體，無好事業，無好心情，那麼幸福、歡樂、成功，又從何談起？

酷點評

- 若能巧妙借用俗語、諺語、民謠這類形式和內涵固定的事物，賦予新的內涵且言之有理，可以達成新的和諧。

- 「人無遠慮，必有近憂」這句話廣為人知，講者稍加改裝，用來表明自己的觀點，得到聽眾的熱情肯定。

破舊立新的技巧

熱茶在〈勤難補拙〉的演講中，說：

有先賢云：「勤能補拙。」實則，「勤能助巧」。天資高者，略加施力，自然功效高於常人，李白「五歲誦六甲，十歲觀百家」，杜甫「七齡思即壯，開口詠鳳凰」，曹植七步成章，甘羅十二拜相，而你天賦非在此，強要慕高斯之早慧而困於奧數；習傅聰之技藝而誓為琴童，不講天分，只能使拙者愈拙，巧者失巧。

「巧」與「拙」是人出發時的方向，「勤」與「惰」是人出發後的過程，「成就」就是路那頭讓你渴望的終點。方向對了，沒有一路艱辛的歷程，終點尚且僅是「可望而不可即」；方向錯了，你汗水也罷，淚水也罷，血水也罷，這一回，那個終點卻是「不可望」且「不可能即」了。

酷點評

- 「破舊立新」的難度和風險都比較大，但講者只要有言人所未言的勇氣、實事求是的態度，就能震撼人心。
- 講者先提出「勤難補拙」的新說法，再引經據典、舉出案例，證實「勤能助巧，但未必勤能補拙」，引人深思。

由此及彼的技巧

有位中國政黨要員在演講中，提出「君子要有所不為」的新觀點，他說：

高明的領導就像好胃，感覺不到存在。口號太多，精神太多，折騰太多，是不成熟的表現。蕭何做宰相時，參與文稿起草，制定典章制度。曹參上任後，認為蕭何訂下的法令已完備，所以繼續沿用，不作改動。百姓滿心歡喜。「白髮漁樵江渚上，慣看秋月春風。」

有的地方和單位，領導幹部變動頻繁，走馬燈般，換一個領導，變一套提法，改一套做法，其實並無本質不同，造成資源無端耗費。宋朝歐陽修做地方官多年，史書上說他「不現治跡，不求聲譽」，但每到一地都留下深得百姓認同的政績。現在有的人為求聲譽而顯治跡，卻留下罵名，值得深思再三。

酷點評

- 「君子有所為」，但有時也要「有所不為」。若顧此失彼，會妨礙思維與工作的進步，因此無為也非常重要。
- 講者在不否認既有觀點的同時，指出「要有所不為」，對於炫耀政績的官員來說，其深意和新意不言而喻。

第 3 堂

「故事」好真實，才能說進對方心坎

《演講與口才》雜誌社創辦人、演說家
邵守義說：「高明的演講者，總是以敏銳的
洞察力，對所收集的材料
進行琢磨、思考與研究，
從中發掘出別人所未發現的新意來。」

在哪些細節下功夫，會令人身歷其境？

演講不僅要以理服人，還要以情動人。你的話語唯有用情感打動聽眾心靈，才能深入人心、引發共鳴。那麼，怎樣才能做到呢？你需要掌握細節，這是最能打動人心的技巧。

細節讓故事更加細膩

作家李承鵬在〈父親是世上最不堪的鬥士〉演講中，說：

我的父親是個三流的音樂家，形象和性格都有些像電影《虎口脫險》裡的那個指揮，暴躁而神經質。我很小的時候，他便逼我練琴，我若不從或彈錯，便要挨打。我從小身形敏捷、閃躲靈活，有一次鑽到床下面去，他跟著鑽進來，我在裡面用掃帚對抗，導致床板坍塌，他的鼻樑都被砸出血了……。

還有一次學校發豬肉，因為天冷肉凍得太硬，菜刀切不開，我倆就在院子裡用斧頭砍，我砍時大叫：「砍死爸爸。」那一天哈密大雪紛飛，他的鼻尖上全是雪花，他問我說什麼，我又大聲說：「砍死爸爸」，他聽了，就默默哭了。這是他唯一一次在我面前哭。直到現在，我也沒問過他為什麼哭，不必問。

酷點評

・細節的描述是表達情感的最佳方式，能讓演講富有人情味，使聽眾可知可感。講者透過真實互動的細節，將父親悲痛與自己悔恨描述得入木三分，很容易打動人心。

細節更能反映宏大主題

百花獎影帝陳坤在〈我們應該怎麼看待生活〉演講中，說：

在某一個角落裡面，我的細膩和敏感使我會注意到某一個人沒有給我鼓掌，我心裡就會難過。就好像前兩天發生在我身上的一件很小的事情：我們「行走的力量」團隊，想要去幫助一個新疆的小朋友，為他捐幾萬塊錢。我們在微博中把這件事發出來後，很多朋友都給我們一些鼓勵，但是我在看微博評論的時候，反倒因為有些人質疑我，心裡很難過。

這時我弟弟說了一句很棒的話：「你為什麼沒有看見 90% 的人在為你鼓勵、為你加油、為你吶喊、給你支持，你偏偏要看到一些尖銳的話呢？」我恍然大悟。這就是我今天要講的主題：我們應該用什麼樣的視角，看待生活中的每件事情。

酷點評

・小細節看似平淡無奇，其實能令人印象深刻，甚至豁然開朗。選用小細節反映宏大議題，往往事半功倍。
・對於「該怎麼看待生活」這種大議題，講者透過小事：「自己被質疑的痛苦與被提醒的領悟」，來闡述觀點。

細節讓內容呈現具體形象

作家劉瑜在〈慈善不是麻煩事兒〉演講中，說：

在我劍橋的家裡，每天回家時，都能看到地上躺著幾封慈善機構的募款宣傳信件，對此我早已見怪不怪了。不過，前兩個星期收到的一個募款宣傳，則可以說是別具一格：直接把兩個折疊的大塑膠袋塞到家裡，其中的附信寫道：「請把你不要的、乾淨整潔的衣服放到這些塑膠袋裡，並在某月某日放到你家門口，我們屆時會來領取，並捐給○○機構轉賣。」

慈善做得如此周到，讓它真正成為舉手之勞，正中我這種懶人的下懷。於是，我把一批早已淘汰、不知該往哪裡送的衣服，裝了滿滿一袋，在指定日期放到門口，晚上回來一看，果然被拉走了。

酷點評

- 很多人會忽略生活細節，若能抓住就能觸動聽眾。娓娓道來的細節好像電影畫面重播，讓人有切身感受。
- 針對慈善這個巨大主題，講者沒有長篇大論，而是透過在外國生活中的細節，來打動聽眾的心。

細節更能讓人感同身受

羽球名將林丹在〈沒有人會永遠輸給你〉演講中，這樣說：

2004 年的雅典奧運會，我相信大家都知道我很遺憾地第一輪就出局了。在雅典的 21 天裡，我覺得這是我人生當中最痛苦的 21 天，因為第 1 天比賽結束，還要拿著攝影機拍攝我的隊友，還要為很多還有比賽的中國運動員加油。

其實，對於我這樣性格的運動員來講，很難面對自己結束了這一次重要的比賽。當時我很想回國，很想回到自己的國家和我的家人在一起，我也提出這樣的要求。但是隊伍不同意，因為我代表的是一個隊伍、一個國家。

在輸球的第 1 天晚上，我印象非常深，我幾乎是回了一個晚上的短信，告訴所有的朋友：「你們放心，我會很好很好」，其實心裡非常難受。因為我相信沒有人願意在這麼重要的奧運會，四年一次的奧運會，第一場就結束。我最難受的是，我不知道要怎麼面對所有關心我的人，甚至我的父母。

酷點評

- 枯燥的道理很難打動人心，有血有肉的細節真實生動，彷彿發生在身邊，最能打動聽眾的心靈。
- 講者沒有說大道理，而是敘述自己失敗的細節。聽眾將自己的失落和痛苦，與描述相對照，更有切膚之痛。

投入喜怒哀樂的情感，讓聽眾產生共鳴

俗話說：「感人心者，莫先乎情。」在演講時，往往要運用很多材料，但如果這些材料沒有感情，很難感染聽眾。因此，懂得把自己內心的真實情感投入演講當中，就會更有力量，最終讓聽眾產生強烈共鳴。

影帝陳坤的「尷尬」

陳坤在〈人生路，莫慌張〉演講中，有這樣一段話：

在那個時期，有一部小說《基度山恩仇記》對我非常有吸引力，它令我萌生了對錢的極大熱情。每次看到基督山找到一個寶藏，手上捧大把寶石的時候，我都會停在那一頁。因為小時候家裡比較窮，我就一直看那一頁，一直夢想著有一天自己會非常富有。其實，那段時間我很自卑，我不知道自卑來自哪裡，可能是來自家裡沒有父親，或者我母親工作並不容易。

記得學校郊遊的時候，小朋友分組，沒有人願意跟我一組，因為我的外婆比較節儉，家裡也窮，我帶不了什麼東西跟同學分享。雖然在現實世界裡我經常有被孤立的感覺，但是在我柔弱的外表下，已經孕育出一個非常強烈屬於自我的世界。

在我的精神世界裡，我一直都是像哪吒那種可以飛到天上的人，或是那個可以發現寶藏的人，活得非常快樂。

酷點評

- 講者將「看到基督山找到寶藏」的熱情、「沒父親、家裡窮、受排擠」的悲情、「精神上像哪吒般能飛天」的豪情，緊密交織在一起。這其中洋溢著充沛情感，讓故事材料產生打動人心的力量。

勵志大師力克的「悲慘」

沒有手腳的世界勵志大師力克・胡哲（Nick Vujicic），在世界盃上這樣說：

世界盃期間，所有人都對比賽充滿期待和渴望，都為自己球隊的勝利歡呼。但所有比賽都有勝負，失敗一方的球迷會感到悲傷，勝利一方的球迷則激動萬分。每個人都渴望勝利，但我們不應該過多地關注輸贏之間的區別。世界盃上，大多數球迷都將經歷本方球隊的失利，可是輸球就是失敗嗎？

當我 8 歲時，我就想結束自己的生命，告訴母親我想自殺。到了 10 歲時，我真的嘗試過自殺，我覺得自己根本不想活下去。我覺得自己和別人太不一樣，將來必定沒有希望。

如果當時我放棄了，認為生命就此終結，就會錯失許多東西。生活就是生活，有成功也有失敗，如此周而復始。難道每次我們經歷所謂的失敗，就要心生絕望嗎？

酷點評

- 講者先說事實：「大多數人都將經歷我方球隊失利」，無疑讓人陷入悲傷，然後他說自身故事讓人更心生同情。
- 此後他話鋒一轉，引出「經歷失敗不必絕望」的主題。話語振奮人心，及時引導聽眾情緒，獲得良好效果。

新聞人白岩松的「感動」

新聞評論員及作家白岩松在某次演講中，說道：

愛國是一個深入人心的教育，我在迪士尼樂園看見一幕：一個美國的胖小子吃漢堡，在那兒玩，穿了一件大短褲，這個大短褲就是美國國旗，他吃著走著累了，他很胖，一屁股坐在地下，就把他的國家坐在底下了。我就說這個國家太自由了，自由到可以侮辱國旗。

後來快閉園了，迪士尼有一個降旗儀式，奏了一段音樂，有一個兩鬢斑白的退伍軍人到那兒去降旗。這個時候，遊樂園裡所有的人都站得筆直，我看見那個胖小子用手捂著胸，在唱美國國歌，那一刻我又感動了。我知道他愛這個國家不是一個形式，是發自內心。

但是，有時候我們唱國歌、升國旗還真就是一個形式。真的，我們要培養每個公民愛這個國家。

酷點評

- 講者看到，美國胖小子穿著國旗短褲坐在地上，卻在降旗時表現出愛國心，而深受感動。
- 然後，他將這種感動進行昇華：「愛國不是形式而要發自內心」，並與國人做對比，啟發聽眾反思和改進。

企業家馬雲的「難過」

馬雲在卸任演講中告訴聽眾：

最後嘮叨幾句，我到處都講的，我們關注自己的空氣、水和食品的安全。人類最大的危險、中國最大的危險不是 GDP 跑 7 還是跑 8，跑 6 又怎麼樣？只要我們喝水是乾淨的，空氣是好的，食品是安全的。

窮一點還能活得長一點。前幾天我去一個縣城，一位領導跟我講：「我們上游已經污染了，我不污染怎麼辦？」大家都怪別人。我特難過，我可以這麼肯定地講，這屆政府一定會做這個事，我們再也不需要有更高的 GDP 需求，我們需要有綠色的需求，只有這樣，我們才能做一個健康的人……

酷點評

- 講者點出眾人關心的環境和食安問題，揭示官員為了發展而不顧環境的現狀，並表達自己感到難過。
- 由於這些問題與每個人切身相關，因此講者的論述能激發聽眾對環保的熱情，使演講發揮更好的效果。

你得說真話、講真情，對方便會信任你

所謂演講，就是講者面對聽眾直接發表自己的主張和觀點。演講必須做到真實，否則無法引起聽眾共鳴。所以，想讓演講成功必須求真，也就是說真話、講真情、述真知、道真理，以真服人、以真取勝。

說真話是前提

作家、時事評論家秦淮川在〈合法傷害權比非法傷害罪更可怕〉演講中，表示：

前段時間，一位瓜農賣西瓜總收入1千7百多元，然而被市場方扣除各種費用後，最後只賺1百多元。這讓我想到了合法傷害權，就是說有些人能夠利用自己的管轄權，在他可以做主的範圍裡，利用冠冕堂皇的理由傷害其治下的民眾。大家都知道這是強取豪奪，甚至是打擊報復，但所有一切都是在合法的名義之下進行。

掌握權力的人，一旦可以借合法的名義來傷害別人，就會充分地利用這種權力為自己牟利。合法傷害權的行使者個人承擔的成本很低，風險相對很小，但在自由裁量的空間之內，給對方造成的傷害卻可以很巨大。

換言之，市場管理處可以用管理的名義向攤商收費，收多少是自己說了算，自由裁量權很大，容易對攤商造成傷害。事情的悲哀之處在於，面對管理處的收費，攤商只能默默忍受，哪怕管理處獅子大張口，攤商也無力、不敢反抗，因為你不幹有人幹，等著進場的攤商多著呢。

酷點評

- 演講就要說真話，這是成功的前提。如果講者盡說空洞無物、不痛不癢的東西，必定引起聽眾的反感和排斥。
- 講者敢實話實說，指出合法傷害比非法傷害更可怕，同時講解合法傷害的危害與霸道無理，聽眾自然喜歡。

講真情是根本

烏拉圭總統穆西卡（José Mujica）在聯合國永續發展大會上，發表演說：

我來自一個小國，擁有豐富的自然資源。我的國家有3百多萬人口，還有1千3百萬頭世界上最好的牛，8百至1千萬頭極好的山羊。我的工人同胞們正在為實現8小時工作制而奮鬥，有人甚至實現6小時工作制。

但是，有些工人爭取到6小時工作制，卻做兩份工作，工作時間反而更長了，因為他們每個月要支付各種貸款。我們必須問：「這就是人類的命運嗎？」發展不能阻礙幸福，而應該帶來幸福。我們需要為了追求愛情、照顧孩子、擁有朋友，以及最低限度的物質收益而工作，但我們必須記住，幸福才是最根本的。

酷點評

- 唯有發自肺腑的真情才能動人心弦，虛假的感情無法觸動、感染或鼓動人心，也失去了演講的效果。
- 講者對幸福有自己的理解，但演講時站在聽眾角度娓娓道來，看似平淡無奇卻飽含深情，所以能震撼聽眾心靈。

述真知是保障

白岩松在〈妥協雙贏〉的演講中，這樣說：

近半年我常常講，不要站在道德的立場上討論道德。比如去年，中國人討論最多的：一個是老太太跌倒了沒人敢扶，怕被敲詐；一個是小悅悅事件。大家在那兒感慨，中國人現在良心滑坡、道德淪喪、世風日下。

我不同意這種說法，它不是簡單的道德問題，有時候還跟改革有關係。比如說，15 年前，兩車一撞，下來就打，因為打完了的勝負決定誰賠償。現在比較文明，兩車一撞，下來保險號碼一抄，還可能互相點根煙，走了。為什麼出現這種變化？不是講文明，是強制上保險。

為什麼老人跌倒了會沒人敢扶呢？這是因為我們現在的養老保險和醫療保險，沒有覆蓋到每一個公民的身上。如果老人跌倒以後，知道不會給兒女添麻煩，他就不會敲詐別人。

酷點評

- 演講的真也表現為真知灼見，這是成功的保障。如果講者沒有正確深刻的認識，再怎麼講也無法令人信服。
- 「老人跌倒沒人敢扶」是個老話題，但講者提出新觀點，表明主因是缺乏完善的社會保障機制，讓人無法反駁。

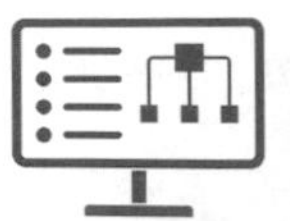

翻轉常識的故事，會讓人眼睛一亮

違反常規會讓主題變得新穎。若能找到一些被廣泛認可卻不合理的說法，然後進行反駁，就能達到反常出新的效果。

讀書不嫌多 vs. 讀書嫌多

〈讀書不嫌多〉演講中，有一段話這樣說：

很多人都聽說過愛因斯坦的這句名言：「人在一定歲數後，閱讀過多反而影響創造性。」更有很多人說：「讀書太多，人都變木頭了。」真是這樣嗎？你有沒有想過愛因斯坦讀過多少書？浩如煙海。你再隨便舉出 10 個獲得巨大成就的名人，他們當中至少有 8 個都同樣閱讀過浩如煙海的書籍。沒有人是讀到變木頭而導致失敗，只有書讀太少而無法獲得成功。

愛因斯坦這句話，其實只適合他、波爾（Niels Bohr）、費曼（Richard Feynman）那堆怪物。人家就像洪七公大戰歐陽鋒，各家各派已有的招式都了然於胸，在琢磨新創世界體系了。我們這樣的普羅大眾，連基本的科學常識都七七八八、不敢說摸清楚，就不該去思考創造性的話題。說得直白一點就是：以大多數人讀書之少，還根本沒資格影響到創造性、想像力之類的。

酷點評

・講者先提到愛因斯坦的名言，再講社會上廣泛流傳的說法，並進行層層反駁，引出「應該多讀書」的主題。這使得主題更有新意與深度，更能走進聽眾的心裡。

關注沒用 vs. 關注是力量

在〈關注就是力量〉演講中，有以下的片段：

對於社會上的一些不良現象，我們每個人都看得出來，卻很少有人發聲。我們總會聽到一種聲音：「有什麼用呢？什麼都不會改變。」對此，我不能苟同。比如在一次聽證會上，某位市民代表因得不到發言機會而大怒，當場扔了水瓶。那個砸向地面的水瓶看起來對誰都沒有殺傷力，但引來媒體追問，吸引著億萬人的圍觀。關注就是力量，圍觀就是壓力。

就在前幾天，某個政府高層不就專為聽證會問題，發表系列文章，就公眾質疑一一做出解釋和說明嗎？億萬人的圍觀、億萬人的目光聚焦，就能聚成世界上最大規模的探照燈，就能一點點穿透特殊利益的高牆，一點點照亮我們的現實，一點點照出我們的未來。

酷點評

・面對社會亂象，許多人總是說「什麼都不會改變」，但講者用事實一針見血地加以反駁。這個演講讓聽眾覺得說的就是自己，糾正眾人的思想誤區，發人深省。

理想很豐滿 vs. 理想很骨感

在〈理想是什麼〉演講中，有以下的片段：

我知道一談理想難免要談到現實。大家總是說：「理想很豐滿，現實很骨感。」可是現實真的骨感嗎？理想只是告訴你要去哪裡，「怎麼去」這件事是你自己的事。

當我們大家在一起講理想的時候，猶如在爬山之前在山底下散步，這個時候每個人都信誓旦旦地說：「我要上山頂。」走一會兒，就剩下一半人了，走到最後，就剩 5、6 個人了，其他人都不知道跑哪兒去了。沒有爬上去的人都在說風涼話：「上去有什麼好的」，都在給自己找理由。最後就剩下一個人上了山頂，他看到了別人都看不到的風景。理想只是一個路標，上山的路要靠你的腳一步步地走。

理想豐滿，在山底下的時候，每個人都充滿了爬山的熱情。但只要你有排除萬難登頂的決心，現實就不會骨感。

酷點評

- 講者質疑「理想很豐滿，現實很骨感」這一句家喻戶曉的話，令聽眾覺得很新鮮，想要知道他不贊同的原因。
- 主題與人人倒背如流的說法結合在一起，顯得易記易懂，讓聽眾留下深刻印象。

沒有選擇 vs. 選擇不同

〈選擇不同，人生就不同〉演講中，有一段話這樣說：

從某種意義上來說，我們的未來不是別人給的，是我們自己選擇的。很多人會說：「我命苦啊，沒得選擇啊。」如果你認為「去微軟還是去 IBM」、「上清華還是上北大」、「當銷售副總還是當廠長」這種才叫選擇，的確你沒有什麼選擇，大多數人都沒有什麼選擇。

但每天你都可以選擇，是否為客戶服務更周到一些，是否對同事更耐心一些，是否把工作做得更細緻一些，是否把情況了解更清楚一些，是否把不清楚的問題再弄清楚一些……，生活每天都在給你選擇的機會。

有些選擇不是立竿見影的，需要累積，比如農民可以選擇自己常常去澆地，也可以選擇讓老天去澆地。誠然你今天澆水下去，苗不見得今天馬上就長出來，但常常澆水，大部分苗終究會長出來，如果你不澆，收成一定很糟糕。

酷點評

- 演講要對症下藥，聽眾常說的話會反映問題，講者關注這些話是在把脈，進行反駁則是在下藥，自然會有效果。
- 許多人感嘆自己沒有背景，在職場上沒得選擇，但講者明確指出每個人都可以做選擇，讓聽眾恍然大悟。

PART 2

聲音傳多遠，就看你說話多「接地氣」

第 4 堂

「論述」很悶嗎？有條有理讓人驚艷

如果要讓說話內容自然流暢，
不會失焦發散，必須建立好的結構。
結構的首要重點是簡單，
也就是有邏輯、有條理。

【設置視點】變換角度讓論點引人入勝

在繪畫領域，常把畫師所處的位置，稱作視點，其他物體的主線都依此安排，而不同的角度則稱作視角。 演講要精心篩選視點，並站在最佳視角切入主題，讓整個結構呈現出新穎、獨特又合理的面貌，因此視點是建構演講的方法。

正反視點，讓演講客觀辯證

企業家王健林在〈如何看待我們沒有拿下客戶的訂單〉演講中，說道：

我覺得一些客戶沒有選擇我們，對我們有利有弊。從不好的方面說，我們公司丟掉了利潤，會對我們銷售目標的完成產生影響。但我們也應該看到丟掉某些客戶的積極意義，我認為至少有三個：第一，會讓我們的現金流不至於捉襟見肘；第二，我們可以有更多的資源服務好現有的客戶；第三，至少讓我們認識到了我們公司銷售隊伍的最大軟肋，透過一些流失客戶的教訓，我們真正認識到我們和國際一線品牌之間的差距。

我覺得吸取這些教訓並改善之後，運用到後續的客戶關係上，甚至比拿下這些客戶的意義更大。

酷點評

- 演講高手常用辯證的思維來說話，也就是從正反兩面來論證一件事，這就是正反視點。
- 講者談到流失客戶的問題時，先陳述利弊得失，接著分列3點進一步分析，不僅言簡意賅又鞭辟入裡。

時空視點，讓演講層次清晰

白岩松在〈新聞發言人制度該如何發展？〉演講中說：

首先要問您一個問題，（中國）教育部的發言人在王旭明之後是誰？公安部的發言人在武和平之後是誰？鐵道部在王勇平之後，它的新聞發言人，即便改成了現在的總公司，它的新聞發言人又是誰？

我估計絕大多數人都是一頭霧水，根本記不住。提出這個問題有兩層含義，第一個，不管是王旭明還是武和平，還是衛生部比如毛群安、鄧海華以及王勇平，都是 10 年前讓人家非常熟悉的新聞發言人。他們也完成了很重要的一些探索，當然也給我們留下了很多這個世界繼續向前發展的教訓。

但正是因為這一路走來並不平靜，伴隨著王旭明的調任、武和平的退休，以及王勇平的轉換跑道，還有很多新聞發言人現在不願意說，也不敢說。新聞發佈制度有的時候會讓人感覺就跟中國足球一樣，不進反退。這個時候很多人都在期待，10 年後，中國的政府新聞發言人制度該怎樣發展。

酷點評

- 時空視點是指，從時間或空間的角度闡述問題。講者先拋磚引玉點出主題，再針砭當下，發人深省。
- 運用時空視點，不僅讓演講繪聲繪影，並指出時下政府制度的缺陷與弊端，一舉兩得。

變焦視點，讓演講深入淺出

評論家吳杭民在〈漠視沸騰民怨就是在縱容腐敗〉演講中，說道：

我想談談南京市長季建業，日前因經濟問題被「雙規」（在規定的時間、地點，說明案件涉及的問題）這個事，從表面上看，這只是在一連串「打老虎」行動中，又一個落馬的地方官員，從深層去看，這是民怨沸騰所至的結果。

2009 年 8 月，季來南京市任副市長、代理市長後，迅速啟動「三中路改造」，此後砍伐梧桐樹、拆城西幹道、投鉅資在「上馬」雨汙分流等大量工程。南京這座古城不斷被「開膛破肚」，有市民稱全城：「秋葉與灰土齊飛，蒼天共黃土一色。」4 年間，季建業施政都是罔顧民意而為之，導致民怨沸騰，不斷有人向有關部門反映情況。最終，不僅丟了烏紗帽，還與貪官一起被釘在歷史恥辱柱上。

酷點評

- 變焦視點就像用相機的鏡頭拍照，呈現出演講的層次和智慧。結構有宏觀與微觀、表面與本質等，敘事深入淺出。
・講者採用「先表面，後深層次」的結構，有理有據地進行剖析，讓演講呈現濃烈的立體感和震撼感，入耳又入心。

遞進視點，讓演講邏輯嚴謹

經濟學博士秦曉在《周有光文集》研討會上，發表〈今天為何還要談賞識〉演講：

這次來參加研討會，完全是對周老的尊重。我這方面的積累不夠，談一點淺層次的感悟。岳南有一本書叫《大師之後再無大師》，1930 年代是一個群星燦爛的年代，出了很多名人，考證出這些歷史，無非是社會遇到一些重大轉折，產生了一些問題，俄國和德國都發生過類似現象。

大師主要還指學術上能達到一種頂峰或有原創性的內容，被當代學術體所認同。周有光先生作為語文的改革者，單是這一項就改變了幾千年的東西，足夠稱得上是大師級的人物。大師來談常識，這說明什麼呢？說明這個社會是有病症的，其實每個社會都是病態社會，其實人也是有病的，一定是病症達到一定程度，才會讓大師出來講常識。

酷點評

・採用遞進視點作為開頭，發揮承前啟後的效果。先從一本書談起，再引渡到「大師談常識」這個主題。演講的前後觀點之間，明顯存在邏輯，使得秩序井然、論理嚴密。

【組接材料】使你的說詞更具魅力

材料在演講中的重要性不言而喻，但大家拚命尋找材料時，會碰到一個難題，就是如何完美地串接已找到的材料。以下介紹幾個方法。

層列式

教師李華峰在〈人人都可以成為億萬富豪〉演講中說：

早年，馬雲跟大老闆們講什麼叫電子商務，大老闆們得出一個結論，這是個騙子。後來，馬雲騎了 3 年自行車去上班，連續吃了 9 個月泡麵，很多年每天工作 20 個小時。可是，現在的他卻成為了中國首富。

俞敏洪連續考了 3 年大學，不幹農活不打工賺錢，村裡人誰見了都像看到傻子一樣笑話，並且最關鍵的是，他在第 3 次努力的時候，仍然不知道自己能否考得上。可是，最後他不但考上了北大，畢業後還創辦了新東方。

42 歲的宗慶後發現，做兒童營養液有巨大的市場，但親戚朋友都勸他不能幹，賣那東西能發財就是癡人說夢！可是，他還是幹了，而且過了沒多久，他給營養液取名為娃哈哈。

酷點評

- 講者集中鋪陳富豪的案例，從不同側面強調「人人都可以成為億萬富豪」，讓主題得到昇華。
- 撰寫講稿時，用並列的方式將不同材料放在一起，可以從不同角度來反映共同主題，發揮直觀的效果。

纏繞式

在〈像一棵樹一樣生活〉演講中，有一段話說道：

一個男人、一個女人和一個孩子向一棵樹傾訴著自己的煩惱。孩子問，怎樣才能既按你說的做，又不會迷失自己？樹說，你看我，我在風中折腰，在雨裡低垂，到現在我還是我自己，我仍舊是一棵樹。

男人說，我無法改變自己。樹說，你看我，我每個季節都在發生變化，由青蔥變得枯黃，再回到青蔥。從發芽到開花再到落葉。到現在，我仍然是我自己，仍舊是一棵樹。女人說，我的愛已耗盡，為了愛，我已傾其所有，完全放棄了自我。

樹說，你看我，我的樹枝上有知更鳥，樹幹中有貓頭鷹，苔蘚和瓢蟲生長在我的樹皮中。他們能帶走我所擁有的，但帶不走我自己。改變與成長，我們就像這棵樹。帶著自己真實的內心前行，傾聽心靈深處的忠告。

酷點評

- 孩子、男人和女人傾訴的內容各有特點，講者使它們的發展互相影響並相互依存，最後彙整去論證一個觀點。
- 以纏繞的方式組合材料，會有一種懸念被揭開的效果。

對比式

作家鄭淵潔在〈鼓勵萬歲〉演講中，說道：

世上有兩種人，一種是像起重機一樣，給大廈添磚加瓦。添磚加瓦就是鼓勵別人，讚美別人，同時自己提升自己，靠自己的努力，實現自己的人生價值。還有一種人是二踢腳（意指雙響爆竹）。二踢腳踩著空氣升到空中，發出巨響引人注目，然後粉身碎骨。

生活當中有這樣的人，喜歡給別人挑毛病，貶低別人，潛意識裡其實是抬高自己。我確定，做人要當起重機，不當二踢腳。希望爸爸媽媽多讚美孩子，主管多欣賞下屬，朋友之間多鼓勵。我們這個世界不需要貶低，鼓勵能讓我們的世界更美好。做人「出線」（意指違法）有法律管束，法律不禁止的行為偏差靠鼓勵糾正，效果也許最佳。

酷點評

- 以對比的方式組合材料，可以產生互相強調、互相衝突的作用，來強化演講表達的內容、情緒及思想。
- 講者用起重機說明鼓勵別人是好事，用二踢腳說明打擊別人是壞事，透過正反對比讓聽眾做判斷。

【反差舉例】讓你的說法更加豐富

演講中，很多人喜歡選用身邊的材料，不論是發生在自己或周遭其他人身上的事，往往可以為內容增色不少。事實上，巧妙搭配這些材料，能呈現更好的效果。

將身邊的正面與和反面材料搭配呈現

在〈方向比努力更重要〉演講中，有段內容如下：

我的一位朋友，曾經是電視台的編導，後來失去了工作。我告訴他未來的趨勢在互聯網，以他的資歷去影片分享網站應聘，將來的發展會超過電視台那些同事。當時是 2009 年，優酷、土豆等網站遠不及電視台的氣勢。朋友拒絕了我的提議，還是削尖腦袋想往電視台鑽。

幾天後我幫一些人做職業規劃，舉例時提到這件事。說者無心、聽者有意，其中一個人將我的話記在心裡。他幾個月後從地方電台離職，進入影片分享網站。3 年後該網站上市，前段時間又吞併了另外一家網站，而那個人早已位列總監行列。所以剛進入職場，方向比努力更重要。如果你期待更大的成功，則需要看到更大的格局與趨勢，耐心下一盤更大的棋。

酷點評

・典型的正面與反面材料形成鮮明對比，突顯演講主題，讓人留下深刻印象，這是經常使用的技巧。
・講者將兩個人搭配呈現，一個看不清行業潛力而錯失機會，另一個用心分析、選對方向而獲得發展。

將身邊的材料與流傳故事搭配呈現

在〈你能駕馭財富嗎？〉演講中，有一段內容是：

前兩天去朋友家玩，電視播放新聞，講到了彩民。其中說到中獎彩民的破產率居然達到了 30% 多。我問旁邊的朋友，你對自己的未來有啥想法？朋友想了想，說：「多賺點錢，買房買車吧。」我又問：「如果你中了一注 5 百萬元（人民幣）的彩券呢？」朋友笑著說：「那就換個大房子，換輛好車。」

這讓我想到了一個故事：一個老農很窮，只能吃高粱餑餑，連粥都喝不起。有人問如果他有錢了想幹什麼，老農說：「等我有錢了，每天整兩碗粥，喝一碗，倒一碗。」對於財富，擁有不等於就能駕馭。如果沒有駕馭財富的野心和能力，永遠不會真正有錢，即使中了彩券也很可能很快破產。

酷點評

・朋友的題材讓人覺得接地氣。老農的故事流傳甚廣，很多人都聽過，反映許多人的心態，蘊含一定的哲理。

・將身邊的材料搭配廣為流傳的故事，既有普通人的經歷又有寓言式，能深化演講主題，增強演講趣味性。

將身邊的普遍現象和某個典型例子搭配呈現

在〈時間都去哪兒了〉演講中，有一段內容是：

我身邊的很多同事和朋友都和我一樣，總感覺時間不夠用：每天早上起床，早飯都顧不上吃就匆匆往單位跑，在單位忙碌一天也不知道都幹了什麼。似乎我們太忙了，因而沒時間思考、沒時間充電、沒時間給父母打個電話……，我的朋友門志輝是個例外。

每天早上 7 點，他隨著人群走進地鐵，在 1 小時的旅程中，別的乘客在玩遊戲、發呆，而他在聽英語新聞。上午 10 點，他會在工作間隙做廣播體操。5 點下班，他總是沿著公司附近的運河邊走長長的一段路。在這條路上，他先給爸媽打電話，聊聊家長裡短，然後對一天的工作進行反思。晚上 8 點，他準時坐在書桌前學習他覺得應該補充的知識。我們沒有時間做這做那，門志輝，一個 26 歲的廣告總監卻全做了。

酷點評

・將普遍現象和某個典型事例搭配呈現，既能深化主題，也為聽眾帶來震撼。講者先敘述自己周遭現象，再提到朋友例子，並將兩者進行比較，強調我們並非沒時間。

【背離結構】製造衝突可以創造驚奇

選擇演講材料，講究的是契合主題。但有時候，刻意選擇一些「背離」演講主題的材料，反而會得到出其不意的效果。

背離型結構讓演講感情跌宕

演員馮遠征在〈給父親的一封信〉演講中，說道：

2004 年，我們在北京要演幾場《茶館》。那個時候也是我最難度過的一段時間，因為我的父親一直病重在醫院裡頭，已經報了幾次病危。當那天我在開車的路上的時候，突然我哥哥打電話給我，說：「你趕緊來醫院一趟，報病危了。」當時，我右拐是去劇院，左拐就能看見去醫院的那個口，然後我說不行，我要去演出：「大哥，10 點半之前，你不要給我打電話。」因為 10 點半是我們這個戲演出結束。

演出結束，我到醫院的時候，人已經送進了太平間。我俯下身，去摸了摸父親的臉，跟他說：「爸爸，對不起。我要面對 1 千個觀眾，希望你原諒我。」那是我有生以來，第一次親了我爸爸的額頭。

2005 年，我經常坐飛機。在飛機上，我往窗外看，一直覺得我父親在跟著我。我就默默地去跟窗外的雲層說，爸爸，謝謝你陪著我，我一定用最好的演出，報答每一個觀眾。我一定不會讓你失望，我一定會讓你在天堂，跟所有的人說，我的兒子是好樣的。

酷點評

- 講者舉出父親病危時，自己沒去探望的故事，似乎跟「父子親情」的主題背離。
- 背離後出現大轉折，原來是不想讓父親失望，瞬間將聽眾情緒帶動起來，讓演講波浪起伏、感情跌宕。

背離型結構讓演講振奮人心

在〈努力的意義〉演講中，有段內容如下：

曹麗是我的同事，因為家裡窮，她讀大學的時候拚命讀書，年年拿獎學金，而且週末和寒暑假都要打各種工。畢業那年，曹麗如願找到一份很不錯的工作，她比任何人都努力，沒日沒夜地工作，幾年時間就攢了 20 多萬，準備再努力攢一兩年，就買間房子把父母接到城市裡好好享福。可是，她爸爸突然暈倒，查出患了淋巴癌晚期。在醫院住了 1 個多月，曹麗不但花光自己的積蓄，還跟朋友借了 10 幾萬，可是她父親還是走了。

我們為她感到難過：「你好不容易努力到今天，生活才見到一點起色，一眨眼又都回去了！」曹麗也哭了，但她很快擦乾了眼淚，對我說：「儘管命運那麼不公平，我還是相信努力，因為我們除了努力別無所有。命運對我們不眷顧，我們只好靠自己的努力去改變命運，即使在命運之神面前，我們的身軀顯得如此渺小，即使有可能努力後也沒有更好的結果，但那卻是我們抗爭過的憑證。」她的話深深觸動了我，我想這就是努力的最大意義吧。

酷點評

・講者想說明努力的意義，卻選擇一個很努力卻終究一無所有的例子，並在最後用主角的話振奮了聽眾。
・背離型的材料不但讓演講更有波瀾，而且能烘托主題，增強感染力。

背離型結構讓演講充滿哲思

張信哲在〈我不願做唱歌的機器〉演講中，說道：

紅了之後，我的時間就不是我的了，唱片公司基本上就把我當「奴隸」使用。尤其是有一件事情讓我很想馬上退出演藝圈。當我去當兵的時候，我一報到就有一部長官的車子來接我，說有某某長官要找你。我非常忐忑地去了，結果他找我去幹嗎？沒幹嘛！他們只是看看張信哲長什麼樣子。當我花了這麼多的精神，在這麼長的時間，錄了這麼多的唱片，做了這麼多的事情，結果只是讓大家來看熱鬧。

但是，《愛如潮水》這個專輯讓我完完全全地改觀，讓我了解到音樂的力量！當你真正投入去做某些事情的時候，你還是可以感受到那個力量，大家願意跟你分享他們心裡的事情，各種階層、各種年齡背景的男人都來跟我分享他的感情觀。因為他們覺得，終於有人願意唱出他們內心脆弱或是軟弱的那一面，有一個代言人了！所以這也讓我感受到音樂的力量。

酷點評

- 講者要陳述自己對音樂的熱愛，卻先提到想放棄音樂的事，這看似背離主題，其實反襯了音樂對他的吸引力。
- 紅花也需要綠葉襯托，活用背離型結構去反襯主題，更能突顯主題、提升效果。

【設計問題】巧用 3 技巧吸引聽眾關注

很多講者喜歡設計問題，來增強演講的吸引力，但有些人設計的問題無法發揮相應的效果。那麼，該怎樣做才對呢？

渲染之後再設問題

在〈只做自己懂的事〉演講中，有段內容如下：

在很多人的認知裡，趙本山是一個小品演員。事實上，他還是一個傳媒大亨。他開創了「本山傳媒」，從二人轉（中國東北地區的走唱類曲藝、地方戲）開始，慢慢把企業做了起來。然後，本山傳媒向影視界發展，從《劉老根》到《馬大帥》，再到《鄉村愛情》，每一部都創下收視率新高。如今，本山傳媒在圈內舉足輕重，想要上市也是指日可待。趙本山卻說，他不會上市。為什麼呀？中國的企業，有哪個不是在為上市而奮發圖強，做種種努力呢？

趙本山說：「我只做自己懂的事情。表演二人轉，演小品，拍農村劇，這是我懂的，所以我就去做。上市是我不懂的，所以我不做。」只做自己懂的事情，這是多麼睿智的人生觀。別人炒股發財了，別人炒房致富了……我不眼紅，也不去複製別人的成功，我只低著頭，精心耕耘自己的一畝三分地。

酷點評

- 平鋪直敘地提問無法製造懸念，先渲染相關事件再提問，能吸引注意。講者先讓人覺得公司上市是理所當然，再問「為何不上市」激起好奇心，然後拋出答案引出主題。

否定之後再設問題

經濟學家郎咸平在關於養老金的演講中，說道：

按照我們現在的養老金情況來看，我們一旦退休，很可能面臨著悲慘的生活。我們先以北京為例。目前北京一個普通家庭一年的生活費是 5 萬元（人民幣），如果 CPI（消費者物價指數）漲幅為 3%，20 年後要保持像現在這種生活水準的話，1 年就需要 9 萬元。假設你離退休還有 20 年的時間，退休後還要再活 20 年，那麼你需要的養老費用是 242 萬元。

按照我們現在這種養老制度，如果你月薪是 4 千元，再假設你薪水的漲幅和通膨一樣每年漲 3%，那退休時你的養老保險金總共也只有 37 萬元，但是你需要 242 萬元，你連這個零頭都不夠，怎麼養老？而且，各位曉不曉得養老金也會破產的？法國政府就曾聲稱，由於人們的壽命越來越長，現有退休金制度不僅一直虧損，甚至可能在 2018 年「破產」。

酷點評

- 對於你要提出的問題，先否定一般人可能做出的回答，會讓聽眾很想知道你的答案，而保持高度專注力。
- 講者先以普通家庭的案例，告訴聽眾未來靠養老金過日子遠遠不夠，再提出「怎麼養老」的問題。

問題之後再設問題

在〈堅持的原動力是什麼？〉演講中，有段內容如下：

有記者曾經採訪一位老人：「你為什麼長壽？」老人回答，因為他每天早上堅持跑步 5 公里。記者問，同樣有個人跟你一樣每天早上跑步，為什麼他只活了 45 歲呢？老人說，因為他堅持得不夠久。從堅持的角度講，老人是對的，因為對方不夠堅持，所以他不成功。那他是故意不堅持嗎？當然不是。

如果一個人在為某件事堅持著，那麼他一定從這件事情中找到極大的快樂和快感。愛迪生失敗無數次而發明燈泡的故事，曾經勵志過一代又一代人，但是他的成功不是來自於他那麼多次失敗依然堅持，而是他從探索的過程中找到了很多快樂，他沒有覺得他在堅持，他只是想去探索而已。

酷點評

- 設計連環問題，在提出真正問題之前，先拋出一個問題，會顯得有層次，逐步走進人心。講者提出的問題，第一個平淡，第二個層次深且很少人思考過，能突顯主題。

第 5 堂

「說服」不了嗎？有憑有據最接地氣

高明的講者總是會尊重聽眾的觀點，
有條不紊地闡述自己的想法，
讓他們心悅誠服地接受演講內容。

演講成功的關鍵，就是說清楚、講明白

演講是講者向聽眾傳遞觀點和思想，也就是說理，而說理就是要說清楚、講明白。接下來，介紹幾種實用技巧。

掰開談理

圍棋演講大賽中，〈棋如人生〉這一場有段內容如下：

棋盤也反映著偌大的人生。兩人對弈，膽大者棋風潑辣，剛開局便全線出擊，奮勇前進，大有「氣吞山河」之勢；膽小者重於防守，步步為營，舉棋不定，唯恐一招致敗，便堅持「人不犯我，我不犯人」的原則。穩重的人深思熟慮，棋風矯健，貌似平靜，卻早已成竹在胸；輕浮的人急躁冒進，急於求成，行棋不思後果，終因一葉蔽目而全域敗北。

工於心計的高手第一局故意輸給對手，增其傲氣，滅其防備之心，而暗探對手套路，以謀對策，且言「君子讓頭局」，真可謂名利雙收，爾後避人之長，攻人之短，處處陷阱，請君入甕，直殺得對手連局皆輸，俯首稱臣為止；高傲自大之徒往往瞧不起對手，擺出一副唯我獨尊、盛氣淩人之勢，對手也往往被「震」住了，此等人心理雖勝人一籌，但並無真才實學，最終也難有勝局……。

酷點評

- 大道理有如西瓜，只有切開後才能一塊塊吃進肚子裡。忽然搬出整個大道理，聽眾吃不進也消化不了。
- 講者談論棋品與人品，在描摹棋風時，敘中帶理、理中含情，並由棋及人，順勢得出「人生如棋」的結論。

取喻明理

教育家梁思成在〈罐子與人生〉演講中，說道：

今天老師給你們挑了很好的教具，罐子和盤子放在一起，這裡面就有很深的哲理。一個盤子，你滴上幾滴水就看見一個很大的水面，你可以一眼就看見它有多少水。但是，一個小口的罐子，你卻看不見它有多少水，即使裝滿了，你看見的水面也只是一點點。你把它碰翻了，它灑出來的水也只是一部分，還有很多留在裡面，所以要知道盤子的水絕對不如罐子裡的水多，你要想喝到這些水並不容易。

你們考上了清華大學，自己覺得了不起，但那只是一個盤子，是你們看得最清楚的，一點一滴都看見了。但是你們的老師則是一個罐子，首先你要認識到他的容量是很大的，要知道他們的學問都裝在肚子裡，你是看不見的。老師所具有的本事和美好的東西，不是你在課堂上就能看到的。不要只重視名人專家，要學會尊重你的老師、你周圍的人，而且要看到你周圍的人的本事，不要把自己的分量看得太重了。

酷點評

- 形象生動的比喻可以使模糊或深奧的道理更清晰，而且讓人受到啟發及鼓舞，這就是所謂的「取喻明理法」。
- 講者把「自以為了不起」的大學生比作盤子，把「學問裝在肚子裡」的老師比作罐子，真切生動且寓意深遠。

漸進說理

〈本地人・外地人〉演講中，有一段內容說道：

北京人的懶惰眾所周知。這種懶惰說穿了是一種當地人意識。不單是北京，任何地方住久了，都會產生一種置身家中的優越感。但若背井離鄉，遠赴異地，情況就大不相同了，先前那種優越感會被驟然襲來的孤獨、陌生和無助打得無影無蹤。自知若想生存和扎根，只有豁出命大幹一番。於是，就有了當地人生存方式上和外地人的差異。懶惰的上海人到了日本，立刻變成勤勞的中國人，勤勞到連背死屍也樂意去幹的程度。

在人人嚮往的美國就更是如此。一般來說，當地人都懶，外地人都勤勞，當地人是這個世界穩定的因素，外地人是動盪與進步的因素，也許這就是生存與發展的法則。如果你厭倦了平淡無奇、庸庸碌碌的本地生活，想重新認識和塑造自我，那麼最好的方法是：背上行囊，去做個外地人吧！

酷點評

- 漸進說理是指人類的認知過程是由淺入深，因此要按照這個規律來傳授真理。

- 講者從「外地人勤、本地人懶」的表象，漸進地挖掘出「置於異地而後生」的生存法則。結構嚴謹、語言中肯。

敘事論理

孫中山在〈國富與國弱〉演講中，提到：

有一次，一個擁有千萬元財產的華僑大富翁來拜訪我。待到深夜時，他一摸口袋，發現忘了帶夜間通行證。當地歧視華人，如果沒帶夜間通行證，一經荷蘭巡捕查獲，輕者罰款，重者坐牢。他不敢冒這個風險，但想當夜回家，正當我們一籌莫展時，他看到對門有一家日本妓院，緊皺的雙眉馬上舒展開了。他對我匆匆說了句「我有辦法了！再見！」就徑直朝妓院走去。富翁給了 1 元錢，叫了個日本妓女，讓她陪伴自己散步。

妓女得了 1 元錢，高興地挽著富翁的手臂跟著散步。中途，幾次遇到荷蘭員警，都沒經盤問，暢通無阻，一直走到富翁家門口。我很感慨，日本妓女雖窮，她的國家卻很強，所以她的國際地位就高，行動也就自由；華人雖然很富，他的祖國卻不強，所以連走路都不自由……。

酷點評

- 敘事論理往往寓理於事，透過典故和案例，將道理講清楚，讓人受到感染。講者運用敘事論理的方法，以新案談論老主題，既能強調想法、講出新意，又充滿趣味。

新觀點怎麼說最好懂？用反諷法就對了！

講者冷眼觀潮、前瞻世界，感受獨到深刻，必然有新道理橫空出世。該如何表現才能使演講更生動撩人，震撼聽眾？

辯證思維，揭示新觀點

郎咸平有這樣一段演講：

有年輕人問我如何創業，我的建議是，正上高中，或者大學，就不要去創業。比爾．蓋茲是例外中的例外，是一個「小概率事件」。中國人特別喜歡小概率事件，比如「四兩撥千斤」，如果撥不動是不是就被千斤給壓死了？有幾個比爾．蓋茲啊？概率太小了。但美國的富豪也不是不可以學。

2001 年小布希決定取消遺產稅，全美國 120 個超級富豪，包括索羅斯、比爾．蓋茲、巴菲特等聯名登了廣告，標題是「請來向我收稅」。他們認為，取消遺產稅將會使他們的子女不勞而獲，美國的未來競爭力將會因此而減弱。他們想到的是國家。我們要學習這些美國企業家對國家、對民族的信託責任，而不是學習什麼自由、競爭、市場化這些表面的東西。

酷點評

- 對於想創業的年輕人，講者說比爾・蓋茲的成功是小概率事件。他建議可以學對國家的信託責任，不要學表面東西，道理新、衝擊大、字字合轍，給人的警醒深刻。

轉換角度，論述新問題

浙江大學教授鄭強在對學生演講時，說道：

這幾年，日本商店的襪子、手巾、毛衣、低檔服裝幾乎全是中國產的，可我們怎麼也光榮不起來。我們搞中外合資，所引進的東西，真正有科技含量的極少，這就是我們的天真，就是領導者的天真！比如，東京全部的電視頻道只有 6 個，杭州有多少個？這是很清楚的。

我們現在是在吃國家的飯，所以開了這麼多頻道不怕賠也不怕賺，而日本就不能這樣。我在日本 10 天，沒有看到一條有關中國的消息，這也是中國人的天真。廣島亞運會時，有哪一個中國人得金牌的鏡頭，能在日本的電視上看得到？日本人喜歡下圍棋，但不知道聶衛平是誰。中國現在是需要國際化，但國際化以後，連自己的祖宗是誰都不知道了，連自己的民族文化是什麼都不知道了。改革開放，作為一個科學家，我要深思：我們在高科技上得到了什麼？」

酷點評

- 對於中國崛起，講者沒有隨波讚美，而是換個角度反思

「天真」。身為科學家的他，透過中日國際化的比較，講出他人未說的觀點，表達良知與憂慮，能引起聽眾共鳴。

反彈琵琶，表達新感情

針對某類年輕官員在網上走紅，作家喬志峰這樣講：

我認為「官二代」從政是個好現象，不僅不該質疑，反而應當大力提倡。首先，官二代從政既符合中國傳統，又契合遺傳學原理。世襲制度是一大國粹，近百年來雖然已經式微，但從未消失。「官二代」子承父業或子承母業，「龍生龍、鳳生鳳，老鼠兒子會打洞」——這是現代遺傳學中國化的最新成果。

當官專業性很強，官二代從小耳提面命，結交的人非富即貴，普通人家出身的窮孩子不可與之同日而語。如果官場世襲實現制度化，官二代之後有「官三代」，官三代之後有「官四代」，一代為官、世代從政，官子官孫無窮匱也，就可以避免那些出身於農民、工人等家庭的普通人覬覦官位，社會也就少了很多不穩定因素。

酷點評

- 演講中，抓住醜陋現象反彈琵琶、辛辣諷刺，能充分博得聽眾共鳴。講者不僅調侃「官二代從政」符合傳統與遺傳學，應大力提倡，更說明對這個現象的蔑視和憎惡。

沒人愛聽大道理，說服也要接地氣

演講時，若道理說得過去，卻缺乏力度，聽眾不會重視，且聽完就忘。若道理說得過大，像乏味的說教，也令人反感。因此，如何把枯燥道理講得生動通俗易懂，是成功的關鍵。

活潑俏皮

作家張嘉佳在〈唯一等於沒有〉演講中，說道：

多少年，我們一直信奉，每個人都是一個半圓，而這蒼茫世界上，終有另外一個半圓和你嚴絲合縫，剛好可以拼出完美的圓。2012 年，在西安街頭，我捧著手機找一家老字號肉夾饃。烈日曝曬，大中午地面溫度不下攝氏 40 度。我滿頭大汗，又奔又跑又問人，走了 1 個多小時，終於頭暈目眩，頂不住，癱倒在樹蔭下。

最後希望出現，旁邊飯館服務員說他認識，帶我走幾步就抵達。小店的門已換，所以我路過幾次都沒發現。肉夾饃還未上，嚴重中暑的我暈厥過去。暈得很短暫，醒來發現店裡亂成一團，夥計想幫我叫車，我無力地攔住他，說：「讓我吃一個再走。」的確，不能錯過那麼好的肉夾饃，因為我已經錯過更好的東西。如果 10 幾億人中，只有唯一的半圓跟你合適，是命中註定的話，那撞到的概率能有多少，大概跟中彩券特獎差不多吧。分母那麼浩瀚，分子那麼微弱。唯一就等於沒有。

酷點評

- 要用至理名言指導現實中的行為，都有特定條件或情境。
- 講者闡述這個觀念時，歸納出自身視點，並用活潑俏皮的故事來佐證，讓人明白如何看待真實世界裡的問題。

寓莊於諧

節目主持人崔永元在〈我為什麼願意說真話〉演講中說：

我一直都覺得，我可以將節目做得不精彩，但是絕對不允許自己講假話。很多人都覺得我太喜歡挑刺，但是我自認為挑刺是善良的表現。我們生活在這個時代，有著很多不平處。

比如說物價。記得有段時間，我剛去了一趟洛杉磯，發現那裡的油價比中國還便宜 2 塊錢。我就想了，中石油、中石化這是怎麼回事啊？你們怎麼玩的啊？還玩出了虧損。能不能換我當老總，試半年，不行我再還給你！

比如說稅收，我一個月掙 3 萬塊，你徵稅也許是合適的。但一個煤礦工人掙了 8 千塊錢，就不應該收稅。他那個是在玩命啊，整天將腦袋拴在褲腰帶上。他進去不一定能出來，我進攝影棚就一定能出來。

酷點評

- 說真話、說實話需要勇氣，因為這通常是一石激起千層浪，或是觸動某些人的敏感神經，甚至為此背負罵名。
- 講者先表明自己願意說真話的態度和原因，拉進與聽眾的距離，然後幽默地講出自己2個實例，寓莊於諧。

如何陳述見解，讓聽眾的接受度更高？

有智慧的講者善於表達自己的經歷、見解或感受，而且講得真切自然，因此說出的道理容易吸引聽眾。

講自己的經歷

蘇有朋在〈不努力，就無法蛻變〉演講中說：

在我想要成為實力派的路上，遇到了一個新的轉折，就是《風聲》，你們大概不知道接這個角色之前，我心裡多麼掙扎，因為我從來沒有接觸過戲曲，我很怕挨罵、不敢接這個角色，足足考慮了一個星期。後來，經紀人告訴我：「你為了求一個有實力的角色熬了這麼多年，一直聚光燈再也沒有回到你身上，現在機會來了，你竟然沒有勇氣去挑戰它。」我就決定接了，特別緊張，趕緊拜師學藝，每天對著鏡子給自己催眠。

因為所有的中國戲曲，其實講究的都是每一個細節都要美，他就要我對著鏡子每天告訴自己：「我好美、我好美、我好美。」剛開始，我是拒絕的。在這個過程裡面，它讓我第一次真正感覺到什麼叫做演員。學生時期之後，就再也沒有花超過一整年以上的時間，只做一件事情。

酷點評

- 拿自身經歷激勵別人，對他們是一種鞭策，能激發對未來的憧憬與信心。講者透過自己演藝生涯轉變時的遭遇，說明努力進取才能改變自己，真實可感、催人奮進。

講自己的見解

俞敏洪的〈一切從零開始〉演講中，有一段內容如下：

人生中有一件最重要的事情是什麼呢？就是要學會諷刺、打擊、批判自己。我們常常發現，生命中最後產生巨大問題的人往往是從小到大一帆風順、自以為是的人。比如說，我在北大時有個學弟，最後在哈佛大學自殺了，他自殺的原因特別簡單，就是因為從小到大，一直到北大，他都是第 1 名，結果到哈佛讀研究所時，他發現自己怎麼努力也到不了第 1 名，因為哈佛集中了全世界最厲害的腦袋，而且學習方法也不一樣。

中國的方法基本上是死記硬背，或是尋找標準答案，但是哈佛都是研究創新型的方法，於是就會產生不適應感，而他又屬於只關注自己是第 1 名還是第 2 名的人，對世界上別的地方都視而不見，所以最後他的心理壓力越來越大，成績不斷下降，成績一下降使心理壓力變得更大，最終導致他就跳樓自殺了。這就是沒有把自己清零、放在平實地上的結果。

酷點評

- 主題要集中、正確、深刻且鮮明，不能人云亦云，要發出自己的聲音。講者明確說出驕傲自滿很危險，只有懂得把自己歸零，才不會發生悲劇，見解獨到令人耳目一新。

講自己的感受

宋吉在〈團隊的意義〉演講中，這樣說：

看完這場籃球賽，讓我充分地認識到團隊合作精神和保持信念的重要性。一場籃球賽中，不僅每個隊員都要有堅實、良好的個人技術，還要有隊伍的通力合作、密切配合，才能取得勝利。團隊協作和個人技術的關係，如同脊柱和肌肉的關係，試想每個隊員只想表現自己、成為場中亮點，而放棄與隊友配合，那麼 5 個人只是 5 塊獨立肌肉，而不是一個威力強大的人與對手抗衡，結果只能是一盤散沙、潰不成軍、敗北而歸。

放眼當今社會，在各方面有成就的人物，無不靠自己的才智和與他人的全力合作、共同努力，才成就自己的輝煌。世界上那些成功企業，不僅依靠有眼光有頭腦的領導人的智慧，和良好的機遇，還有非常重要的一點，也是每位成功企業家都強調且不敢小覷的——發揮每個員工和管理人員的特長，並讓他們互相配合協作，使企業成功運作、提高效率，鑄就輝煌。

酷點評

- 感受是外界與內心的核心介面，個體對外界的認知、了解及經驗累積都基於感受。講者透過一場比賽表達自己的感受：「團隊通力合作才能取得成功」，引發聽眾共鳴。

活用「背後故事」，提煉你的觀點

網路上曾流行一段話：不要癡迷於從成功人士的傳記中尋找經驗，比爾．蓋茲的書不會告訴你，他母親是 IBM 董事，幫他促成第一筆大生意。巴菲特的書會告訴你，他八歲就知道去參觀紐約證交所，但不會說是他的國會議員父親帶他去。

這段話之所以讓人印象深刻，主要是因為它深挖了比爾．蓋茲、巴菲特勵志傳奇背後的故事，引申出新穎的觀點。

所謂「背後故事」，在這裡是指與我們熟知的材料相關，卻鮮為人知的故事。演講中，你可以借鑑這種方法，說出一些耳熟能詳材料的背後故事，讓觀點深入人心。

從背後故事中挖掘實質，提煉觀點

〈天才也要打草稿〉演講中，有一段話說：

馬奎斯（Gabriel Márquez）的《百年孤寂》，猛一看，很容易被其斑斕意象嚇唬到，驚為天人。但如果你從他早年的小說，比如《枯枝敗葉》、《瘋狂時期的大海》或《沒有人給他寫信的上校》，一篇篇看過去，就會發現小鎮、狂歡、外來者、香蕉公司……。好，這傢夥原來和他奉為師父之一的福克納一樣，也使用「短篇攢長篇」這招啊！

實際上，《百年孤寂》寫出來前，醞釀了 15 年之久。馬奎斯累計了無數短篇和小故事，那就是他的漫長草稿。人們都愛天才，但大多數時候，每個一朝成仙的傳奇，都曾默默面壁打坐渡盡劫波。

酷點評

・世人總認為《百年孤寂》體現馬奎斯的驚世才華，但講者挖掘背後故事，透過證據說出他艱苦地完成巨著的勵志傳奇，導出「天才也要打草稿」的觀點，深具說服力。

從背後故事的聯繫中，提煉觀點

〈問題看一眼，為何「看點」不斷〉演講中，有一段話說：

前些日子，延安城市管理執法人員跳起雙腳，猛踩商家頭部的視頻在網上瘋傳。這件事確實令人氣憤，然而事件發生後而引發的一系列「看點」，更令人玩味。因為對延安城管的關注，網友們發現，延安城管竟然擁有獨立的辦公大廈，樓層高達 30 層。還有市民在城管局大樓前拍到了該局局長的豪華座駕，這是一輛豐田越野車，最低報價也要 45 萬元。該局工作人員辯稱，這輛越野車是從下屬單位三產公司借來的。

這一解釋本想自證清白，不料卻帶出新的看點：城管局屬於政府部門，政府部門經營商辦公司不僅違規，而且違法……。為什麼很多「問題物件」只要被公眾多看一眼，就會接二連三地出現看點？在缺乏有效監管和權力限制的情況下，一些部門、單位和官員早已積累了成堆的問題，只是還沒爆發出看點引起人們的關注。

酷點評

- 單看一件事會得出一種結論，而講者活用背後故事，將一個事件後冒出的一系列事件聯繫起來，歸納出新觀點：這些問題早已存在，只是以前沒人關注而沒暴露罷了。

從背後故事中挖出問題的另一面，提煉觀點

〈為什麼我們不敢說真話〉演講中，有一段話說：

袁世凱要稱帝，為了讓章太炎為他寫「勸進書」，便把章太炎軟禁起來。但章太炎根本不吃這一套，反而寫：你不但是民國的叛逆，也是清朝的罪人，希望你早點把我殺了！章太炎的勇氣值得敬佩，不過袁世凱的反應也挺有意思，他雖然把章太炎軟禁起來，卻每天好吃好喝伺候著。看了章太炎寫的那份勸進書，老袁氣得火冒三丈，但不敢殺章太炎，因為怕被全國的人罵死，只能自我解嘲：他是個瘋子，我何必跟他認真！

我們當然不是想誇袁世凱，只是想說，連袁世凱這樣的獨裁者都能做到的事，我們現在的人卻很多都做不到。

酷點評

- 事情往往有兩面，講者除了說出章太炎仗義執言的一面，還挖出袁世凱不敢殺他的另一面，來提煉新觀點：連獨裁者都敬畏民意，但現在某些官員打壓批評者毫無顧忌。

從背後故事和現在情況的反差中，提煉觀點

演講〈沒有人是一天長成的〉中，有一段話說：

提起岳飛，人們想到的是他的赫赫戰功。岳飛極為自律，在用兵上更是善於控制自己的情緒，極少行差踏錯，因而能在戰場上無往不利。然而年輕時的岳飛也是一個愣頭青（意指行為粗魯冒失的人），那時他在王彥麾下打仗。王彥的部隊與金兵在石門山對峙，王彥見金兵氣勢宏大，所以按兵不動。

岳飛當眾指責王彥說：「敵人就在對面，你卻不迎戰，這分明就是想要投降。」王彥依然不出戰，憤怒的岳飛率領自己的部隊直接去跟金兵交戰，雖然打了勝仗，但是他的輕舉妄動招來金兵的圍攻，王彥的整個部隊被打得七零八落。這次教訓讓岳飛銘記終身，從此學會控制自己的情緒。沒有誰是一天長成的，每個成熟睿智的背後，都有一個年少輕狂的曾經。

酷點評

- 岳飛前後的變化形成鮮明反差，講者活用背後故事與現在情況的差別，揭示岳飛的成長歷程來提出觀點：沒有誰是一天長成的，每個成熟睿智的人都曾經年少輕狂。

第 6 堂

學會「修辭」技巧，用一句話穿透人心

演講要具備邏輯性與藝術性，
成功的演講必定講究修辭。
詞語的修飾能讓你在演講中揮灑自如，
造就生動形象。

【設問】3 種提問技巧，讓吸引力 UPUP

議論文需要清晰的脈絡，就是從提出問題、分析問題到解決問題。演講也是如此，根據聽眾需要去提問會更有吸引力。

用矛盾觀點提出問題

〈現在問自己，你該堅持些什麼〉演講中，提到：

有一天上網，我收到這樣一個訊息：「老師，在我看的許多有關勵志方面的書中，有些提到要學會堅持，而且舉了很多因為堅持最後取得成功的人。而在一些書中，也會告訴你要學會放棄，學會轉身另闢蹊徑，然後重新尋找適合你的道路。但在現實中，我們身處其中，在遇到挫折和失敗的時候，很難分辨我們到底是該繼續堅持還是重新回到起點，做出新的選擇。在此，還請老師幫助指點迷津。」

人的一生當中要面臨很多選擇，這並不是問題，因為在一次又一次的選擇中，我們的人生觀、價值觀因此而變得成熟。問題是正如這位朋友所言，到底什麼選擇才是對的，什麼才是錯的；哪些是應該放棄，而哪些又是應該堅持？

酷點評

‧要堅持還是放棄？講者找出一些流行卻矛盾之處，借用年輕人的口，點出人們的困惑並提出問題。大多數人都對問題感到困惑，想得到答案，因此對演講充滿期待。

用鮮明對比提出問題

在演講〈你為了什麼結婚？〉中，有以下內容：

昨天一個同事說，她要結婚了，因為要趕著兩人一起早點買房子。我還聽到過不只一個人這樣說，對方條件還不錯，就結婚吧……。這樣的理由讓人聽不出感情中喜樂悲哀的成分。

我的一個朋友，很長一段時間以來都在不停地相親，但一直沒有遇到滿意的，我於是問她，是不是要求太高了？她笑笑說，對物質條件倒不是太看重，只是沒有那種感覺。我忍不住追問她，到底要怎樣的結婚感覺？她回答：「我只是希望在我不開心的時候，他可以讓我覺得他會一直陪在我身邊，即使不安慰什麼，只是抱著我，緊些，再緊些，說他會一直很愛我。」一個看重外在條件，結婚是為了使生活過得更好；一個只要感覺，感覺不對寧可單身。哪一種婚姻才是你想要的？

酷點評

‧將生活中的現象淬練，形成對比鮮明的故事，透過對比提出問題，能激發聽眾的思考與聽講興趣。講者從身邊的鮮明對比例子切入，反映社會上兩種不同的婚戀態度。

用借鑑意義的現象提出問題

〈政府對什麼感興趣〉演講中，有段內容提到：

在德國，汽車、公司都無需年檢。我問德國人：「汽車不年檢，壞了怎麼辦？」德國人回答：「自己修車。」我又問：「企業不年檢，公司倒閉如潮怎麼辦？」德國人回答：「你看德國是這樣的嗎？」我繼續追問：「德國政府為何不強制年檢？」德國人反問：「誰給了政府這個權力？如果政府對年檢感興趣，說明這種事對它有好處。」

在中國，社會上出現了問題，政府習慣透過「管」來解決；但在德國，像年檢這樣的事，政府想管反而被質疑。我們也看到了，德國並沒有因為政府管得少而混亂，反而更加民主。那麼是不是真像德國人說得那樣，政府對什麼事感興趣，是因為那件事對它有好處呢？政府到底對什麼感興趣呢？

酷點評

- 講者講述德國的狀況，一來是新鮮的，容易引發興趣；二來有學習、借鑑的意義，能引發思考。
- 演講中，透過德國人之口提問，反襯要批評的對象，往往能事半功倍。

【反語】正話反說，兼具機智與幽默

正話反說是指，在表達意思或是說明問題時，不從正面表述，而從反面說起，使用與本意正好相反的話語來表達本意。例如：字面上肯定但意義上否定、字面上否定但意義上肯定。正話反說是一種迂回表達，在演講中往往能出奇制勝。

貶低的話褒獎著說

喬志峰在〈為美女副書記說幾句公道話〉演講中說：

近日，有網友質疑，湖南省某位黨政高官的女兒劉瓊，不到 30 歲就在某縣擔任副書記。可比甘羅 12 拜相、周瑜 14 拜將，江山代有才人出，各領風騷數百年。

特別是近些年，神童幹部更是進入「批量生產」階段，最年輕市長、最年輕團委書記等等，如雨後春筍一般冒了出來。

去年，「圍觀：山西長治幹部公示『神童』聚集」這則網帖（意指網路論壇上的話題或文章），在各大論壇上瘋狂傳播，網友普遍對公布名單中「2 人 14 歲參加工作，1 人 16 歲參加工作，5 人 17 歲參加工作」，表示極大震撼。那麼多神童都意氣風發地走上了「為人民服務」的道路，劉瓊不到 30 歲當上某縣擔任副書記又有啥奇怪呢？這是時代進步的標誌，這是社會發展的體現啊。

酷點評

- 有些道理若從正面去談，很難震撼人心，因此要具備創新意識，尋求嶄新角度，明褒暗貶就是一種實用技巧。
- 講者的話語乍聽之下似乎是在謳歌「年輕有為」，但實際上是對這些神童的批判，斥責社會的賄賂腐敗。

激勵的話嚇唬著說

教師張萬祥在〈開學典禮上的講話〉演講中，說道：

我認為，就今天而言，你們上高中，特別是考上了全市首批重點學校之一的本校，實乃你們人生中之最大不幸！

馬克斯說過，在科學的入口處就像地獄的入口處一樣。你們考上本校，將來會進入科學文化的殿堂，那麼今天等於到了地獄入口處，何等不幸啊！未考入高中者或許可以輕鬆地生活，而你們要每天、每週、每月、每學期緊張地鏖戰，何等不幸啊！未考入高中者或許不必時常面對考試，而你們面前的考試何止十次百次？哪次考試不是驚心動魄、刻骨銘心？

更不幸的是你們還要上大學，或許還要讀研究所、攻博士，一生要沒完沒了地學習，不敢有絲毫懈怠，何等不幸啊！還有，你們學富五車、滿腹經綸後，生活也許比別人清貧，這又是多麼不幸啊！

酷點評

- 欲擒故縱能有效集中聽眾的注意力，引發積極態度。
- 講者對上榜學生潑冷水，其實是激勵他們拋棄進入重點高中的優越感，將全部精力投入學習，以獲得精彩人生。

斥責的話調侃著說

〈擠車的訣竅〉演講中，有這樣一段話：

朋友，你可知北京乘車之難？先說上車，車來時，上策為「搶位」，猶如球場上的搶點。精確計算位置，讓車門正好停在身邊，可先據要津之利。當然，必須頂住！箇中訣竅是：上身傾向來車方向。穩住下身，千萬莫被隨車湧來的人流沖走。

中策則「貼邊」。外行才正對車門，弄得擁來晃去，上不了車，枉費心力。最好的辦法是貼住車廂，裝出一副泰然自若的樣子，一點一點地把無根基者拱開，只要一抓住車門，你就贏了。老北京都精於此道，所以售票員洗車，從來無須擦車門兩邊，那全是老北京的功勞。下策可稱「搭掛」，將足尖嵌入車門，千萬不要先進腦袋，而後緊靠車門，往裡「鼓擁」，只要司機關不上車門，他就得讓你上車。

酷點評

- 調侃地說出斥責的話是一種新穎別致的技巧，讓演講妙趣橫生、激情四射。講者表面上教人不守秩序，實際上諷刺不守秩序者。內容荒謬，讓人覺得可笑且使人反思。

抱怨的話讚美著說

駱小明在〈拜登打了自己的嘴〉演講中，說道：

美國副總統拜登在美國賓夕法尼亞大學畢業典禮上發表演說，稱中國是不能「另類思考」或「自由呼吸」的國度，引起在場中國學生的不滿，要求拜登做出正式道歉。如他們所說，其實完全可以用事實來封拜登這張大嘴。說到「自由呼吸」，在這裡可以隨意漲價，可以隨意徵稅……，說到「另類思考」，創新管理更是思維迭出：保護性拆除、釣魚式執法……。

如果拜登不道歉，就請你們長點志氣，離開這個沒有抱高壓鍋自由的國家，建議你們拿出勇氣，撕毀所有在美獲得的學位和學歷證書，有綠卡的去註銷、回國，到中國最需要的地方去，在廣闊的天地裡自由呼吸、另類思考，你們將大有作為。那樣，我為你們驕傲，我為你們自豪！

酷點評

- 讚美地說出抱怨的話，就像塗在傷口上的酒精，讓人感到刺痛，卻能痛定思痛、得到益處。
- 講者通篇讚美要求拜登道歉的留學生，但其實是抱怨和批評這些學生的無知。

【比喻】透過明喻、借喻……，使演講有畫面

講者應該講求語言的形象，善用具有形象性的語言，能激發聽眾的聯想和想像，生動地再現特定的情境和事物，給予聽眾鮮明印象和強烈感受。比喻是最常用的修辭方法，在演講中運用比喻會增強語言的形象，使說話更有吸引力和表現力。

明喻可以將主題具象化

聯想集團董事會主席楊元慶在一次演講中說：

人的心靈就似一個房間，而負面情緒就像灰塵。如果你不常常打掃，房間裡會落滿灰塵，蒙塵的心會變得灰暗和迷茫。我們每天都要經歷很多事情，開心的、不開心的，都在心裡安家落戶。事情一多，就會變得雜亂無序，心也跟著亂起來。

痛苦的情緒和不愉快的記憶，如果充斥在心裡，就會使人委靡不振。所以，掃地除塵，能夠使黯然的心變得亮堂。怎麼掃？告訴自己還有很多重要的事情要做，積極進取，心裡充滿鬥志，灰塵就沒了。

酷點評

- 形象生動的演講不僅直接、簡潔，而且觀眾很容易理解。
- 講者將人心比喻為房間，讓聽眾明白，人是否愉快與自我調適有關，若不及時排除負面情緒就會委靡。

借喻能昇華喻體和本體

張維迎教授在北京大學光華管理學院畢業典禮上，說道：

同學們！作為北大的學子，我不擔心你們沒有遠大抱負，但很擔心你們急於求成！生活是需要耐心的，成功是一個自然的過程，偉大是由耐心堆累而成的！耐心意味著要經得起眼前的誘惑，意味著要道法自然，意味著無為而無不為。耐心不是壓抑，而是修行。不要採摘沒有成熟的果實，否則你的生活一定是苦澀的！成熟是自覺自悟。唯有成熟的心態，方能品嘗到成熟的味道！

同學們，光華管理學院本身也如同一棵杏樹。你們吃過的杏可能並不總是甜的，有時甚至有些苦澀，因為學院也在成長的過程中，並沒有完全成熟。如果是這樣，我向你們表示歉意。但相信我，你們的師弟師妹吃的杏會越來越甜。希望你們也有機會回來品嘗更香更甜的果實！同學們！只要你順其自然，不急於求成，你吃到的杏一定是甜的！幸福將伴隨你一生！

酷點評

- 講者借用杏樹將生活比喻為果實，想要吃到甜果就要等待成熟，不僅讓主題具象化，還昇華喻體與本體。
- 借用杏樹比喻一個群體，希望學生不要急著苛責學院，又推而廣之，要順其自然、不急於求成。

較喻是把兩個比喻擺一起

在某次家庭教育研討會的開幕式上，作家畢淑敏說：

身為父母，俯對我們的孩童，我們是至高至尊的唯一。我們是他們最初的宇宙，我們是他們盡情遨遊的海洋，他們在我們的懷抱中，獲得最初的陽光、雨露，和一枚枚來自奇妙世界的貝殼……。假如我們隱去，孩子就永失淳厚無雙的血緣之愛，天傾西北、地陷東南，萬劫不復。盤子破裂可以粘起，童年碎了，永不復原。傷口流血了，沒有母親的手為他包紮；面臨抉擇，沒有父親的智慧為他謀略……。面對孩子，我們有膽量說我們不重要嗎？

酷點評

- 較喻是把兩個比喻放在一起，突顯兩者之間的相似點。精巧的較喻會讓演講更有感染力，使聽眾打開心扉。
- 講者以宇宙和海洋，說明父母對孩子的重要性。這段演講形象生動，能產生強烈的情感共鳴。

【排比】懂得駕馭排比，能發揮 3 種效果

在演講中，排比是使用頻率很高的表達方式，能讓講者猶如連珠炮，表達強烈奔放的感情，增加演講的氣勢和效果。

排比的說服力

法國前總統歐蘭德（Francois Hollande）在就職演說中說：

一個總統，首先應該尊重法國人、重視法國人。一個總統應該不希望自己成為一個不負責任、不起實際作用的總統。

如果我成為共和國總統，將不會成為多數黨的領袖，不會接納多數黨派議員進入愛麗舍宮……。如果我成為共和國總統，將不會在巴黎的酒店，出席為自己的政黨籌集資金的活動。如果我成為共和國總統，將不會私自任命國家電視臺台長，而是將此權利交給獨立機構……。

如果我成為共和國總統，絕不會樹立一個觸犯法規的國家元首形象……。如果我成為共和國總統，將組建一個均等的政府，男女比例數量同等。如果我成為共和國總統，將對部長有一條道德準則要求，那就是各部長不能因利益發生衝突。

如果我成為共和國總統，將重視社會各界夥伴、專業團體和工會，我們將定期討論法律問題或商談其他問題。如果我成為共和國總統，將呼籲就能源問題進行大討論，進行合法的全民大討論。如果我成為共和國總統，將盡力以高度的視野來確定我們的指導方針和龐大的刺激經濟方案。同時，我將始終不遺餘力地關心國民身邊的困難。

改變，就是現在。我要把神奇重新帶回法國夢裡！

酷點評

- 巧妙運用排比，會具有極大的說服力和震撼力，不僅能讓演說獲得欣賞，還能說服聽眾支持演說者。
- 講者連續用排比句，以排山倒海的氣勢，深刻且具體地向民眾展示總統應有的形象和責任。

排比的感染力

觀復博物館創辦人馬未都，在〈幸福是什麼〉演講中說：

當你屢次三番地求愛，終於得到對方同意的時刻；當你正為貧困發愁，瞬間獲得巨額頭彩的時刻；當你身陷囹圄，法官判你無罪的時刻；當你罹患絕症，醫師告訴你診斷錯誤的時刻；當你饑腸轆轆，可以飽餐一頓的時候；當你凍得瑟瑟發抖，被允許進入一間暖和房屋的時候；當你孤獨不爽，親朋好友打來慰問電話的時候；當你身處災區，接到礦泉水速食麵的時候。

這些大幸福、小幸福每個人都會遇上，尤其小幸福，每天飄然而至，令人不能覺察。沒有苦難的時候，沒有人懂得幸福。其實，我們每天生活在小幸福之中，只是渾然不覺。

酷點評

- 排比可以迅速讓人感同身受，增強話語的感染力。講者為了說明幸福的真正意義，連續舉出8個在失望時看到希望的例子，形成一組強烈的排比，由內而外感染聽眾。

排比的號召力

在中國大學生演講比賽，演講大師顏永平開場致辭：

不是所有的國家都能改革開放，和諧發展，幸福強大，但是我們中國做到了！不是所有省份都能與時俱進，開拓進取，成為經濟強省、文化大省，但是我們浙江省做到了！

不是所有的火腿都能歷史悠久、經久不衰、馳名中外，但是我們金華做到了！不是所有地方的影視城都能產生經濟效益和社會效益，但是我們東陽市做到了！不是所有的影視城都能做強做大，成為中國好萊塢，但是我們橫店影視城做到了！

不是所有做強做大的企業都能回報社會，承辦全國大學生演講大賽，但是我們橫店影視城有限公司做到了！不是所有在校大學生都能參加全國大型演講比賽，但是你們做到了！

酷點評

- 運用排比句型，能對聽眾產生號召力，還能感染每個人。
- 講者採用遞進的排比，從各地特色說到演講比賽，思路清晰、層次合理，讓聽眾為參賽感到慶幸，更激發自信。

【對比】只有正例與反例很枯燥，你得……

對比是演講中常用的方法，但如果只是單純列舉一個正面案例與一個反面案例，有時會讓人覺得枯燥。那麼，怎樣運用對比才能增強效果，讓聽眾感受強烈？

中國玩具vs. 外國玩具

〈標準的力量〉演講中，有段內容說：

我有一個朋友，為國外某品牌代工生產玩具。同樣的玩具在中國生產，然後運到國外貼個標籤，再拿到中國來賣，100多塊錢一個，供不應求。朋友直接把玩具拿到市場上去賣，20塊錢一個，居然沒什麼人買。朋友很鬱悶，他說，為什麼消費者只認外國的牌子，不相信中國的產品？

有一次，他在市場上看到有人購買那個品牌的玩具，就問：「都是中國製造的，為什麼不買那邊那個便宜的？」那個人說：「雖然是中國製造，但國外的企業標準高，執行也嚴，他們就不敢用劣質原料；那邊那個就是要賣給中國人，誰知道廠家會不會偷工減料！」朋友恍然大悟，原來消費者寧願多花幾十塊錢，是因為他們信任外國企業的品質標準！

酷點評

- 一段對比表面上看似突顯甲方，然後透過轉折，顯示原來要突顯乙方，會令聽眾記憶深刻。
- 講者拿「產品是否貼外國標籤會價差幾倍」做對比，看似貶低顧客沒眼光，但話鋒一轉，揭示贏得信任的道理。

讀書無用vs. 知識超群

〈退學，你能成為比爾．蓋茲嗎？〉演講中有段內容說：

比爾．蓋茲於 20 歲退學，後來成為世界首富；李想高中畢業，後來成為 80 後的億萬富翁……。這麼看來，學歷似乎不重要，只要有想法，有闖勁兒，任何人都能成功。

讓我再告訴你們一些其他的事情：比爾．蓋茲 8 歲時就看完了幾乎整套的《世界圖書百科全書》，12 歲第一次接觸電腦並瘋狂迷戀電腦。13 歲時就成為學校最出名的駭客，並被電腦中心招聘為程式檢查員！ 14 歲就開始編寫軟體程式，不久又設計了一種電腦遊戲。李想 12 歲時第一次接觸電腦，初中時就開始向各大電腦雜誌大量投稿，15 歲擁有自己的電腦，而且以封頂的價格成為很多雜誌的特約作者……。

他們成功不是因為他們退學，而是因為他們早在中學時，就學會很多人大學時都不具備的知識，具備超人的才幹。

酷點評

- 對比既能產生衝突效果，又能獲得資訊與知識。如果挖掘出不為人知的一面，往往產生更強烈的衝突效果。
- 比爾·蓋茲和李想退學創業獲得成功的故事，幾乎家喻戶曉，但他們少年時代勤奮好學的事，很少有人知道。

小服務員vs. 餐館經理

關於社會的彈性，媒體人梁文道有過這樣一段演講：

簡單地說，體制文化的彈性與剛性或許根本不矛盾，都是同一塊銅幣的兩面。這塊銅幣的名字是「領導者說了算」。

在這種領導者獨攬大權的管理文化下，被領導的人很難擁有很大的自我裁量空間，越是底層就越不敢越雷池半步。比如在餐館吃飯，服務員不敢不給你倒茶，哪怕你叫他別倒，他很怕主管發現，他沒遵守見到杯空就立刻倒滿的規定。但是，總經理能讓你在不許抽煙的地方抽煙，並貼心地奉上煙缸。

被人罵多了，有些部門也會嘗試推出更加「人性化」的措施。問題是，那些人性化的措施也可能異化成很不人性的剛性規定，迫著你接受他們的體貼。比方說，某間銀行為老人家設座，怕他們排隊久站。但你不想坐還不行，那可憐兮兮的客服人員會哀求你：「主管看見你不坐，我要挨罵的。」

酷點評

- 運用對比是為了講清楚道理，突顯現象，若在此過程中融入適當的議論，能幫助聽眾思考。講者在夾敘夾議中進行對比，透過兩件事闡述深層的議論，讓道理深入人心。

強勢工人vs. 弱勢老闆

關於弱勢群體，楊恒均有過這樣一段演講：

在澳洲，你要在老闆和工人中明確劃分「強勢」與「弱勢」還真有些困難。你當老闆雇用工人，按說夠強的，但國家的各種法律和規定，讓你在和工人打交道時，往往處於弱勢。工人呢？卻得到很多保障，有國家強制老闆提供，也有國家嫌老闆做不來而徵稅進行再分配、用之於工人。

你要說老闆不好當吧，但別忘記，老闆是納稅大戶，很多時候比工人擁有更大的發言權，更重要的是，法律保證他們擁有的財產神聖不可侵犯。在我們大家可以記憶的這幾十年裡，你什麼時候聽說過澳洲的富人被剝奪過財產，中產階級被人抄過家，老百姓的房子被人強制拆遷過？一個有法治保障的社會，抱持「弱勢心態」的人群自然會大大減少。

沒有一個好的制度，法治不彰，窮人可能被富人欺負，富人的財富可能被權貴鯨吞，任何人都可能成為「弱勢群體」。

酷點評

- 講者拿工人與老闆做對比，接著說老闆彷彿比較強勢。兩個對比形成一個更大對比，讓人分不清誰弱誰強。這個結構在對比中套用對比來突顯主題，讓人留下深刻印象。

第 7 堂

善用「表達」方式，連嚴肅話題也動聽

演講是一種口語表達，
因此學習演講必須研究和掌握言語的特點。
要讓語言更加生氣盎然，有許多技巧。

【口語化】說大白話，因為你不想聽古人演講吧！

老舍說：「我無論是寫什麼，總希望能夠充分的信賴大白話。」魯迅也主張：「從知人的嘴上，採取有生命的詞彙，搬到紙上來」。這裡說的「大白話」、「有生命的詞彙」，就是指一般人的口語。詞語用得好，能使語言生動活潑，使文章富有生活氣息，而演講更要注意選擇有利於口語表達的文字。

用流行語

教師袁騰飛在講課中，有這樣一段話：

西漢有個讀書人叫朱買臣，哥們兒窮，家裡窮得連褲子都穿不上，然後他媳婦老虧他：「整天看書有什麼用，你幹點有用的事行不行？去做買賣，炒股。」朱買臣說：「我不會。」

他媳婦說：「那到超市搬礦泉水。」朱買臣說：「這我也不會。」他媳婦一生氣，離婚了。可見漢朝的時候，風氣是很開放的，女的可以提出離婚，朱買臣他媳婦改嫁了。結果朱買臣太賢了，皇上聽說了，封他為兩千石郡守，衣錦還鄉，朱買臣騎著高頭大馬，帶著隨從就回來了，衣錦還鄉，兩千石旦鬧著玩兒的呢！回來了，他媳婦找他：「跟你逗著玩呢！我早看出來你行，我激勵你一下就是，咱倆再婚吧！」

朱買臣說：「小樣，你甭跟我來這套，馬前潑水，一盆水潑在馬前面，你收回來重婚，收不回來滾蛋，覆水難收。」但是像朱買臣這樣，能交狗屎運的人太少了，皇上都能聽說，你得賢到什麼程度？」

酷點評

- 在演講中，若流行語的使用頻率比一般詞語要高，是群眾喜聞樂見的。
- 講者使用大白話、套用流行語，把朱買臣和妻子的簡單事件說得詼諧搞笑，讓演講趣味盎然。

用打油詩

中國四川省某位官員參加大橋開工儀式，致詞說：

我的講話分為四個部分。其實不叫講話，叫順口溜，來湊個熱鬧，以共襄盛舉！

一、今天期辰好，大家勁頭高。開工把橋修，橋通路不遙。幾場大暴雨，把橋沖壞了。路也被沖爛，往來太煩惱。排水不通暢，河沙堆得高。路基已懸空，水來無處逃。汛期還沒完，洪水還會到。安全隱患大，怎能睡著覺？

二、大河鄉政府，責任記得牢。及時寫請示，連夜打報告。協調各部門，緊急找領導。目的只一個，希望重修橋。縣委沈書記，特別叮囑道：他也來看過，漲水他心焦。指示各部門，全力支援好。儘快定方案，安全要確保！

三、感謝曹中華，多次來這瞧。行善又積德，出錢又動腦。二十萬鉅款，全部掏腰包。慷慨加大方，為人氣度豪。洪水不等人，越快就越好。出工又出力，矗立風格高。曹總多次說，不圖啥回報。我要說的是，好人有好報。

四、修橋與修路，勞苦功也高。路橋修通時，方便漢和苗。一要保品質，開不得玩笑。希望施工方，把責任記牢。二要保工期，爭取快修好。下次再下雨，我們才敢笑。三要保秩序，全力服務好。

鄉上和村裡，記住這一條。總之一句話，實事要辦實，好事要辦好！各位鄉親們，我的話完了！

酷點評

- 演講通俗易懂，聽眾才容易理解和接受。穿插打油詩、順口溜，貼近大眾風格，自然受人歡迎。
- 講者使用大眾化語言，句句入腦入心，既明白又親切，能獲得好效果。

【生動化】掌握 4 技巧，表達內容就能活靈活現

好的演講，語言是生動感人。想讓語言生動感人，要使用形象化的語言。例如：恩格斯把馬克思的「逝世」改成「睡著」，不僅具象地寫出馬克思安詳的神態，也蘊涵作者無限的悲痛。具體地說，要使語言靈活生動，有以下幾個方法。

典型動作

作家王蒙在書店，與書迷分享閱讀《莊子》的感想：

我小時候特喜歡看武俠小說，對「旱地拔蔥」的輕功十分崇拜：雙腳一跳騰空 1 米 5，左腳踩在右腳上一跳又升高 1 米 5，右腳再踩到左腳上，呵！加起來離地 4 米 5 ！很像《莊子・逍遙遊》中「列子禦風而行」的絕技，我從小練這個，我每天都苦練幾小時，但是到最後也沒練成，頂多只能跳起 30 釐米。哈哈。

酷點評

- 演講必須有生動的語言，而動作是讓語言生動的重要因素。抓住動作就會讓演講有動感與畫面。

- 講者選用多個典型動作，描述對《莊子》的感受和理解，既生動又具體，讓聽眾身歷其境，理解演講內容。

巧打比方

網路作家慕容雪村在〈把野獸關進籠子裡〉演講中說：

如果說現代文明社會的標誌，就是從身份到契約的轉變，那麼我們還是一個半開化的國家，一個大洪水之前的國家。在幾千年的戰爭和殺戮之後，人類終於明白了一個道理：權力如同猛獸，必須把它關到籠子裡。

這是現代社會的共識，但在中國，一個大洪水之前的國家，大多數人依然是秦始皇的子民，他們相信英明的皇帝和大臣，卻不相信良好的制度，總希望有一隻不那麼殘暴的猛獸來統治他們。這是不可能實現的願望，因為猛獸正在身邊徘徊，野性尚存，隨時準備擇人而噬。

當權力的野獸在身邊咆哮，人們會變得格外謹慎，只要日子還能過得下去，他們絕不會多說一句話。他們漠視自己的權利，也漠視別人的權利，鄰居的房子被拆，他們若無其事地看著，等到他們自己的房子被拆，鄰居們也若無其事地看著。

酷點評

- 講者擅長打比方，讓語言生動起來。將權力這個虛幻概念比作猛獸，使話題聚焦在具體形象上。
- 將問題生動化之後，接下來的分析更能有的放矢，把癥結點說清楚，讓聽眾理解講者想表達的觀點。

借物說理

在某次「春蕾工程」募捐活動上，有位講者說：

我們大家都來看看擺在講台上的這一盆鮮花，它顏色鮮豔、形態美麗，還發出誘人的香味。它的美麗和芳香是品種優良、土壤肥沃、陽光雨露滋潤、花匠辛勤勞動共同造就的。雖然它們是優良品種，但如果失去土壤、陽光雨露和人們的精心呵護，它們會有怎樣的命運呢？它們將沒有機會綻放，將過早地枯萎，將無以給這個世界美麗與芬芳。

現今在我們生活的這個地區，有一些學齡女童，她們聰明、美麗、渴望讀書，就像這盆花一樣可愛，但是貧困使她們失學。她們就像失去肥沃土壤、陽光雨露的花兒一樣，不能正常地生長，她們聰慧的大腦不能用於學習，不能學到謀生的技能和建設國家的知識……。讓我們敞開愛心，為她們作一點捐贈吧！我們的捐贈將使她們獲得受教育的機會，獲得正常生長的環境！

酷點評

- 講者借物說理，透過細膩描繪一盆鮮花，呼喚聽眾關心像花朵般的女童，強調她們將帶給世界美麗芬芳。
- 藉由巧妙的借物說理，通徹地傳達演講的觀點，讓聽眾無不讚嘆講者出眾的口才和善心。

巧妙設例

白岩松在哈爾濱工業大學的即興演講中，說道：

我曾採訪過季羨林先生，季老的一席話給我印象很深，他說：「我已經如此老了，但我的道路前方仍有百合花的影子，人生的前方要永遠有希望，有溫暖才行。」這就是希望、目標的意義。舉個例子，狗賽跑怎麼比？怎麼讓狗跑起來、跑得快？每個狗嘴前面都吊著個骨頭。我們每個人也要給自己前面放塊骨頭，這塊骨頭就是精神的骨頭！

再舉個例子，有人曾在雨中一站就是 4 個小時，我剛好路過，關切地說一句：「小夥子，別淋感冒了。」沒想到，他無比自豪地說一句：「我在等女朋友呢，她答應我的求婚了！」這個小夥子為什麼能在雨中巍巍不動，他有目標有希望啊！

酷 點 評

- 講者先引用季老的話，傳達目標的重要性，再巧妙設例：前面有骨頭，狗才跑得快，而骨頭就是目標和希望。
- 講者選擇有生活趣味的例子，通俗易懂也充滿哲理。清晰透徹地傳達目標的重要性，讓聽眾贊服。

【個性化】從角度、用詞到語調，彰顯個人特色

無論是說還是寫，都要用自己的語言，而不是別人或現成的。演講是語言藝術，要求講者迅速征服聽眾，才能充分表達自己的觀點。不管是字詞、語句或語氣語調，都會對語言的個性化產生影響。那麼，如何讓演講的語言充滿個性化特點？

巧妙的角度

作家曲瑋瑋在〈我們都有「病」〉演講中，說道：

不知道大家對廣場舞大媽有什麼印象，反正我以前覺得他們這種人肯定「有病」，怎麼說呢，沒事把音樂放那麼大聲在廣場上瞎蹦躂，你老了就好好家裡待著呀，出來擾什麼民？但是，跟廣場舞大媽周阿姨生活一天之後，我改變了看法。

周阿姨原本愛跳舞、愛彈琴，想成為藝術家，但在最青春的時候主動去支援新疆，她當年唯一帶上新疆的行李，竟然是一架手風琴。但到了新疆，她粗糙的手掌上握著的就只有鋤頭。後來她回到故鄉，本以為能安心地度過晚年，她的老伴兒卻意外中風了，所以那個時候，每天最主要的工作就是照料他，每天晚上跳那 2 小時的舞就是她一天僅有的屬於自己的快樂時光。

然後我就在想，有時候我所不屑、摒棄的東西，可能是別人世界裡那唯一的精神依靠。

酷點評

- 描述事物時，儘量避開平常的角度，多採用不熟悉的說法，就能創造一種新鮮、有個性的語言效果。
- 講者先從大眾眼光批評廣場舞大媽，再說出不為人知的故事，讓聽眾改變對她們的態度，展現神奇效果。

新鮮的詞句

某位女士在女兒婚禮上，進行一次即興演講：

第一句，婚姻不是1加1等於2，而是0.5加0.5等於1。結婚後，你們小倆口都要去掉自己一半的個性，要有做出妥協和讓步的心理準備，這樣才能組成一個完美的家庭。現在的青年男女，起初往往被對方的「鋒芒」所吸引，但也會因為對方的鋒芒而受傷。媽媽是過來人，想對你們說，收斂自己的鋒芒、容忍對方的鋒芒，才是兩情永久的真正秘訣。

第二句，愛情不是親密無間，而應是寬容「有間」。結婚後，每個人都有自己的交往圈，夫妻雙方有時模糊點、保留點，反而更有吸引力，給別人空間，也是給自己自由。請記住，婚姻不是佔有而是結合；所謂結合就像聯盟，首先要尊重對方。

第三句，家不是講理的地方，更不是算帳的地方，家是一個講糊塗的地方。不是有這麼一句話嗎？男人是泥，女人是水。所以，男女的結合不過是「和稀泥」。婚姻是兩個人搭夥過日子，如果什麼事都深究「法理」，那只會弄得雙方很疲憊。

酷點評

- 再複雜的句子都是由單字組成，新鮮的詞句能發揮先聲奪人的效果，牢牢吸引聽眾注意，引導他們思考。
- 講者巧妙採用新鮮的句型和詞彙，打造富有個性化的語言，傳達出深刻的婚姻之道，讓演講充滿魅力。

不同的語調

林書豪在某大學發表〈放自己在成功的位置上〉演講：

我第一年進 NBA 的時候，去了金州勇士隊，我當時簽的合約是當柯瑞的候補，可是賽季剛剛開始的時候，他們甚至連隊服都沒給我，我在第一場比賽時穿的是自己的套裝。我在 2 週的時間裡連續被裁員 2 次，很明顯這樣的境況對我來說相當難熬，也深深地傷了自尊。

你知道這是所有糟糕的事中最糟糕的，我花了 21 年時間打籃球，好不容易實現了夢想，但只美了一年，他們甚至沒怎麼讓我上場打球，就把我裁掉，讓我走人。那會兒我甚至對自己說，我不確定籃球是否是一個對的選擇，我不知道是不是應該繼續扛下去。但接下來發生的一切完全超乎我自己的想像，那就是在紐約尼克隊，被人們稱為「林來瘋」的時刻。

已經過 5 場比賽，我還是沒有上場的機會，一切對我來說都說不通，你找我來，連練習賽都不讓我上場，更不要說正式比賽了。

酷點評

- 同樣一句話，用不同的高低升降與輕重緩急來表達，就形成不同的語調，表達出不同的語氣和思想感情。
- 講者使用許多口語化很強的詞語，傳達當時的悲慘境遇，更顯出個性，讓演講引人發笑卻深入人心。

【情感化】展現情感有 3 招，讓對方打開心扉

若語言帶有強烈感情色彩，能讓演講生動具體，富有藝術感染力和表現力。但是，感情並非透過生硬語言傳遞出來，而是透過講者巧妙運用語言的組接、內容的選取和先後安排，以及恰如其分的分析總結，傳達給聽眾。

直言陳述

北京大學校長林建華在北大畢業典禮上，發表〈北大的情懷〉演講，表達對畢業生的期待和祝福：

今天是同學們一生中非常特別、非常重要的日子，你們將告別母校，踏上新的征程。作為校長，我祝賀你們，從北京大學這所偉大的學校順利畢業，也為你們更精彩的明天祝福。

當初，你選擇了北大，北大選擇了你，那是一個激動人心的選擇，從那時起，我們就擁有了共同的情懷。在北大的歲月裡，我們一起歡笑過也心痛過，付出過也掙扎過，希望過也失望過，但從未後悔過！回頭望過去，這些喜怒哀樂、這些拚搏奮鬥，都是通往未來的歷練和基礎。

今天，你們就要畢業了，又是一個激動人心的選擇和轉變的時刻！我們都感恩北大，但我希望你們記住，北大給予了你知識，給予了你能力，卻不能代替你安排未來。未來需要你自己去探索、去適應、去質疑、去挑戰、去創造！只有你自己，才能真正對自己的未來負責。

酷點評

- 在畢業典禮這個重要時刻，師生之間飽含離別的傷感，而學生心中對未來充滿期待和疑問。
- 講者採取直言陳述的方法，表達對學生的感情、期望、祝福和支持，讓他們有信心地走進社會奉獻力量。

對比分析

卓別林一生演出無數喜劇片，但他在反法西斯電影《大獨裁者》的結尾處，一改以往的喜劇形象，嚴肅莊重地發出深刻而理性的呼籲：

生活的道路可以是自由的、美好的，只可惜我們迷失了方向。貪婪毒化了人的靈魂，在全世界築起仇恨的壁壘，強迫我們踏著正步走向苦難，進行屠殺。我們發展了速度，但隔離了自己；機器應當是創造財富，但它們反而給我們帶來窮困；我們有了知識，反而看破了一切：我們學得聰明乖巧，反而變得冷酷無情。我們頭腦用得太多，感情用得太少。我們更需要的不是機器，而是人性；我們更需要的不是聰明乖巧，而是仁慈溫情。缺少了這些東西，人生就會變得凶暴，一切也都完了。

酷點評

- 在演講中，若要展現情感，運用對比分析可以讓聽眾感知到明顯反差，進而深刻體會講者豐富的感情。
- 講者透過鮮明對比，從原本自由美好的生活說起，再把希特勒引起的仇恨，與戰爭帶來的惡果統統說出來。

巧用自白

巴提耶（Shane Battier）在美國某所大學，發表〈被嘲笑的夢想〉演講，講述他進入 NBA 的經歷：

12 歲的時候，我的身高是 1 米 8，我就像鉛筆一樣瘦，沒有一個女孩願意跟我約會，因為她們覺得我長得很好笑。有天我跟夥伴們聊天，說將來我會到 NBA 賽場上去比賽。你們猜他們什麼反應，他們嘲笑我，嘲笑我的夢想。他們告訴我，你太瘦了，而且你跑得不快也不高，你不可能到 NBA 去打球，你絕對不可能實現夢想。身為一個 12 歲的男孩，我聽到這樣的話覺得很傷心，因為朋友不認可我的夢想。

當時，我最重視的是自己的想法，每天早上起來照著鏡子，問自己：「你每天都準備了嗎？今天你要竭盡全力，去接近自己的夢想，一點也好。」在晚上睡覺前刷牙的時候，我也是對著鏡子問自己：「你每一天都在努力嗎？不要想昨天，也不要想明天，只想想今天是不是離夢想和目標近了一點點呢？」我每天都在練習，不斷地練習，一點點地進步。

酷點評

- 即使沒有激昂語言，用娓娓道來的自白講述遭遇和經歷，也能讓聽眾沉浸其中，並且被深深打動。
- 講者透過自白自然地傳達個人觀點：成功要靠一點點的進步累積而成。這帶來深刻啟發，充滿勵志精神。

【藝術化】怎樣使你說話的內容蘊含美感？

演講稿的語言藝術，反映在演講的技巧與特色上。這是一種情感的表現，結合聲音和語言，透過講者進行傳遞。因此，在學習演講的過程中，不僅要學習方法和技巧，還要品味語言蘊含的藝術和美感。同時，透過運用語言藝術的目的性、邏輯性、通俗性、生動性與精確性，達到預期的效果。

詩意盎然的語言

某位講者在一次演講中，描述自己與愛人的感情：

如果可以，真想和你一直旅行。或許在某個未開發的荒涼小島；或許在某座聞名遐邇的文化古城。沿途用鏡頭記錄彼此的笑臉，和屬於我們的風景；一起吃早餐、午餐、晚餐，看日落；或許吃得不好，可是依舊為對方擦去嘴角的油漬。風景美不美，其實並不重要，重要的是——有你陪伴在我的身邊。

酷點評

・在演講中表達深刻感情時，選用詩意的語言不僅能展現藝術化場景，更容易讓聽眾感受其中的深厚情感。

- 與愛人相處的情感是美好深厚的。講者用詩意語言描述個人感受，展現相依相伴的感覺，讓人憧憬這種生活。

畫面感強的語言

小說家納博科夫（Vladimir Nabokov）在演講中，這樣描述菲雅爾達：

菲雅爾達的春天多雲而且晦暗，一切都很沉悶，懸鈴木的花斑樹幹、杜松灌木、柵欄、礫石，遠遠望去，房槽參差不齊的淡藍色房屋，從山脊搖搖晃晃地爬鋪上斜坡。在這片水汽騰騰的遠景裡，朦朧的聖喬治山與它在繪畫明信片上的樣子相距得越發遠了。自 1910 年起，比方說，這些明信片、那些草帽、那些年輕的出租馬車夫，就一直在旋轉售賣架上，以及在一塊塊表面粗糙的紫晶岩片和美妙的海貝殼壁爐上，招徠著那些旅遊者。

空氣中沒有風而且溫暖，隱隱約約有一種燒糊的獨特味道。海水中的鹽分被雨水消溶了，海水比灰色還淺，是淡灰綠色，波浪更是懶得不願碎成泡沫。

酷點評

- 透過一系列詞語構成畫面，道出對人、事、地、物的情懷，進而構建藝術化的演講語言，能讓聽眾贊服。
- 菲雅爾達是講者經常提及的一個地方，但他這次沒有直接抒發感情，而是選用可摸可感的實物來寄託。

含蓄委婉的語言

〈與人交往，切忌橫衝直撞〉演講中，有以下的敘述：

有個獨眼的國王想找人為自己畫像。第一個畫家老實地畫出獨眼，結果被拖出去斬首了。第二個畫家把國王的兩隻眼睛畫得炯炯有神，國王覺得畫家太不誠實，又拖出去斬首了。

第三位畫家該怎麼畫呢？他把國王畫成狩獵姿態，拉弓搭箭，一隻眼閉著，一隻眼睜著，正在瞄準獵物。一開一閉，巧妙地掩飾了國王的缺陷，還恰到好處地展現了國王的神威。國王大喜，重重獎賞了畫家。為什麼只有第三個畫家得到國王的重賞呢？我想大家都能明白了。

酷點評

- 演講中，善用含蓄委婉的語言傳達觀點，不把話說破、留點空白讓人思索，會比直接灌輸好上許多倍。
- 講者用含蓄的語言把道理融入故事中，讓聽眾自己感知與發現，產生出人意料的效果，獲得熱烈掌聲。

PART 3

你的舞台有多大，
就看你的「控場節奏」

第 8 堂

你如何與聽眾「互動」？

在演講時，若能讓聽眾參與其中，
台上台下形成互動、上下呼應，
就能喚起聽眾的積極性，
讓他們在不知不覺中接受講者的觀點。

高手祕技：好奇心、真相與流弊的運用方法

若講者的邏輯能滿足聽眾需求，表示說話內容有針對性。演講的針對性強，才能激起波瀾，獲得回應，達到感染或引導聽眾的目的，因此針對性是抓住聽眾的關鍵。那麼，該如何提高演講的針對性呢？

針對好奇心理，抓住聽眾

在江蘇企業高峰會上，企業家王石回應人們對他登山活動的好奇時，說道：

我 2003 年登上珠峰以後，每年都安排登山活動。去年登的是世界第 14 高峰，今年是世界第 8 高峰。2003 年登珠峰時，我 52 歲。早我 2 小時登上珠峰的，是一位日本友人，他是 71 歲。當時我是中國登上珠峰年齡最大的，但和這位日本友人比就不能說最大了。

這位日本友人說了，他準備在 2008 年再登一次珠峰——這是 2003 年說的話。2008 年，他為了登珠峰，做了兩次心臟手術，希望打破自己登頂的年齡紀錄。我登完珠峰後說，如果 60 歲這個最大年齡還是我的記錄的話，我還要打破。所以我明年還要去一次。如果明年可以順利登頂，就是到了 70 歲，我還要登。

我們對年齡的觀念應該更新了。過去「人到 70 古來稀」，現在 80 歲不新鮮。依據聯合國科教文組織的界定，老年是從 65 歲開始。所以，過去「人過半百萬事休」，現在來看非常可惜。我們的成功人士應該說 50 歲才開始。

酷點評

- 掌握人們的好奇心，告訴對方急於想知道的內容，特別容易吊人胃口，觀點也容易被人接受。
- 人們常會對他人行為產生好奇，講者針對聽眾心態，用攀登高峰的經歷，闡釋「人生50歲才開始」的論點。

針對事實真相，抓住聽眾

2005 年李敖在清華大學演講，他說：

3 年 7 個月之前，美國總統小布希就是站在這個講台上，向大家撒了一個謊。他說，清華大學是在美國的支持下建立的。當年，一群愛國的中國人給國家闖了禍，就是義和團。八國聯軍叫中國人賠錢，美國也開出價碼來，說：「我們很客氣，你們賠我們軍費好了。」結果帳單開出來以後，被一個聰明人發現了，這個人叫梁誠，是當時駐美國的公使，相當於現在的大使。他仔細算這筆軍費，發現美國人多算了兩倍半。

梁誠跟美國的國務卿海約翰說，你們既然說是要賠軍費，怎麼可以報出來這麼多，多了兩倍半。美國人又愛裡子又愛面子，國務卿很不好意思，說怎麼辦？梁誠說，錢捐出來，辦一個大學好不好？後來美國人同意建大學，這就是今天的清華大學。建清華大學的錢，是美國人冒領戰爭賠款，被我們逮到、被我們追回的。今天，小布希站在這個講台上，竟然說是他們送給我們的大學，我要撕他的講稿！大家覺得我做得對嗎？

酷點評

- 當人們被謊言所惑，想知道真相的衝動愈加強烈時，一旦這種需要得到滿足，便會有大夢初醒的感覺。
- 講者用塵封的史實，揭露美國的謊言，還原歷史真相。清華大學的誕生與近代歷史息息相關，令人動容。

針對當今流弊，抓住聽眾

郎咸平在某個經濟論壇，針對國營企業的流弊痛陳己見：

我在國內講國企改革，幾千個國企老總就在下面。我問他們，你們認為哪一個人比奇異總裁威爾許偉大，請舉手！不必看，沒有一個敢舉手的，為什麼？你差多了。威爾許從 1981 年接任奇異執行長，當時公司市值是 3 百億美金，到了 2001 年，他下台的時候，變成 5 千億美金，那是中國國民生產總額的三分之一。他走的時候，帶走他的薪水以及退休金僅 1 億美金而已。

像 TCL 李東生，一個小改革，拿走 12 億人民幣。你公司是奇異的萬分之一，你憑什麼拿那麼多錢？比如說海爾，很多媒體跟專家學者問我，你看，1985 年，海爾冰箱總廠是個破產企業，要不是偉大的企業家把它搞成世界品牌，哪有今天的海爾，難道他不應該拿嗎？我告訴你，他就是不應該拿。

拿美國克萊斯勒做比較，克萊斯勒在那個時代破了產，當時他們聘請艾科卡來做重整，他拿多少錢？1 塊美金 1 年。你公司這麼糟糕，你還敢拿嗎？克萊斯勒是誰的？奇異是誰的？都是中小股民的，而不是這些專業經理人的，你做好是應該的。我們今天有沒有想到這句話？沒有。做不好都是國家民族的錯，做好了卻是他自己「有能力」。真是莫名其妙。

酷點評

- 人們對當前流弊抱有困惑，講者勇於暢談時弊，說進聽眾心坎，給予他們強烈震撼，讓他們看清事實。
- 針對國企經營者薪資過高的亂象，講者拿李東生與威爾許、艾科卡做比較，是非黑白一目了然。

為聽眾解決煩惱和問題，才會受人歡迎

要為聽眾解決問題，就是強調實用性。講者應該放下高談闊論與華麗辭藻，貼近大眾生活，討論現實中的難題，為人們排難解憂、指明方向，這樣的演講必會得到聽眾的響應。

為聽眾擺脫恐懼左右

俞敏洪在一場演講中，談到如何擺脫恐懼：

經常有人問我，如何擺脫恐懼。在此，我希望大家認真地想一下：我內心現在擁有什麼樣的恐懼？我內心現在擁有什麼樣的害怕？我是不是太在意別人的眼光？因為這些東西，我的生命品質是不是受到影響？因為這些東西，我是不是不敢邁出我生命的第一步，以至於生命之路再也走不遠？如果是這樣的話，請大家勇敢地對你們的恐懼，和勇敢地對別人的眼神，說一聲：「No ！ Because I am myself。」

酷點評

- 只有為聽眾解決問題才是好演講。如果能解開困惑、彷徨、迷茫、糾結，就能直達聽眾內心喚起共鳴。

- 講者用辯證法告訴聽眾，不要被恐懼左右，在面對恐懼時，只要懂得自我激勵就行，這幫他們解決了問題。

為聽眾糾出錯誤認識

企業家周鴻禕在〈把自己當成打工的，一輩子都是打工的〉演講中，說道：

很多人說，我加入別人的公司，那我不就成了一個打工的了嗎？給別人打工，誰認真幹呀。錯了，如果你覺得自己是打工的，那你一輩子都是打工的。別人覺得你是不是在打工，這個不重要。重要的是，你自己千萬不要把自己當成打工的。

換個角度去看，是公司給你發工資，替你交學費，練著你自己的能力和經驗。你遇到產品經理、技術高手或者公司創辦人，從他們身上學到成功的經驗，甚至是失敗的教訓。

如果你加入這個公司，這個公司兩年之後死了，恭喜你，你一分錢沒損失，你參與一個活生生的公司從生到死的例子，你以後就可以避免重蹈覆轍。你一分錢沒花，你讓一個公司死了一回，你學到如何避免失敗的教訓，這是一個多麼值得的事。這比你拿多少工資，比你到一個有名的大公司，有用多了。

酷點評

- 針對員工的徬徨與忽略，細緻處理、深刻闡釋，讓聽眾明白病因，並改善工作心態，自然博得回響。
- 講者運用發散性思維告訴聽眾，「打工」是提高能力和累績經驗的最佳途徑，一語道破員工的矛盾糾結。

為聽眾指出正確方向

中國北京清華大學 2015 年研究所畢業典禮上，校長陳吉甯發表演講：

去年下半年，蘋果公司執行長庫克（Tim Cook）在清華有一個座談活動，當被問到「在過去 3 年中，哪些是你做得最困難的決策」時，庫克回答說，最難的是「決定不做什麼」，因為蘋果公司有太多偉大的、令人興奮的想法。他又被問到，是不是要從好的想法中選擇最好的想法，去掉次好的想法？令人驚訝的是，庫克說：「我們所有的想法都是最好的想法，但蘋果公司只能選擇其中一種，並努力把它做到極致，其他的都會果斷放棄。」

同學們，人的成長就是一個不斷選擇的過程，對優秀的人而言，選擇更是人生中面臨的最大挑戰。今天你們走向社會，將面臨各種各樣的機遇、誘惑，也會遇到很多的挑戰、挫折。每當這時候，你都是在回答與選擇相關的問題。我希望大家無論面對機會還是挑戰，都能有捨棄的胸懷和勇氣，從大眾福祉出發，選擇最有價值的事情，專心專注地做下去。

酷點評

- 在演講中，挖掘聽眾心中的茫然，並加以解決，可以立刻獲得他們的共鳴。

・講者抓住學生的迷惘，指出一條道路，提供切實的建議：要選擇和堅持做正確的事，不要被各種誘惑所影響。

為聽眾拋出解決之道

〈為什麼越花錢的人越有錢〉演講中，有段內容如下：

「去花錢！！去消費！！！」這是馬雲對全體員工加薪的內部郵件中說的一句話。這句話一連用了 5 個驚嘆號。這封被曝光的阿裡巴巴內部郵件，著實讓業界吃了一驚。

為什麼擁有數億資產的馬雲，對領著幾千元人民幣工資的年輕人如此倡議。其實，他是想讓年輕人記住，不要按照你的收入過日子，這樣能使你自信！想像如果你現在穿著你喜歡的衣服、鞋子，拎著自己喜歡的包，是什麼感覺？肯定比現在自信很多倍！而自信帶來的價值呢？是你的能力成倍的增加。

自信，可以讓一個人更樂於與人交往，更樂於表現自己，進而有更好的心態，有更好的外在積極的環境，進而就會有更多人的朋友願意與你交往，自然機會也就會更多。

酷點評

・演講注重解決現實問題，讓聽眾感受演講的實用價值，就能讓聽眾發自內心的回應與接受。
・講者將花錢這件事，體現在聽眾生活中的具體問題上，而且引用馬雲的故事，點出解決之道。

設身處地聊對方感興趣的話題，就能贏得迴響

共情法是指講者能抱持同理心，設身處地從聽眾的角度談問題，讓對方產生強烈的情感共鳴。使用共情法能在瞬間拉近與聽眾的距離，讓對方受到鼓舞和啟發，進而給予講者感情回報，使演講產生強烈的感染力。

巧借情境，讚美聽眾

經濟學家郎咸平在清華大學做演講時，說道：

我從初中到高中，念歷史的時候都會讀到庚子賠款。對清華大學，對「清華」兩個字，是我們在台灣念書的小夥子第一個認識的大學。高中的時候，我立志要念工科，要考台灣清華。但很不幸，高一下來，數學也不及格，物理也不及格。老師說，郎咸平呀，我看你還是念文科算了，總是失之交臂。

那麼，「清華」當時給我什麼印象呢？就是「追求卓越」這 4 個字。到那個時候，我才悟出這個道理，追求卓越是我心目中的清華，但是自己本身還是離卓越很遠。當時我不卓越，所以沒有進清華。那麼，這個追求卓越是我追尋努力的目標，也同時送給各位同學，好嗎？

酷點評

- 為了顧及學生、校長和教師等聽眾，講者從庚子賠款說起，就地取材「清華」2字，道出對學校的理解。
- 講者用睿智幽默巧述沒考上清華的遺憾，更從側面表達對學校的仰慕，最後以創校精神共勉，拉近彼此距離。

巧述困境，激勵聽眾

傳媒大亨比爾在一所貧困學校做演講時，說道：

小時候，我靠賣報養活自己。那個年月，報童有菜園裡的螞蟻那麼多，瘦小的便不容易爭到地盤。我常常挨揍，吃盡苦頭。從炎熱的夏日到冰封的隆冬，我都在艱苦地叫賣。

一個下午，一輛電車停下，我迎上去，準備透過車窗賣幾份報紙。車正在啟動的時候，一個胖男人在車尾的踏板上說：「賣報的，來兩份！」我迎上前去送上兩份報。車開動了，他舉起一枚硬幣卻不給我，只是笑著看我。我追著說：「先生，給錢。」「你跳上踏板我就給你。」他哈哈笑著，把那個硬幣在兩個掌心搓著。車子越開越快。我把報紙袋從腋下轉到肩上，縱身一躍想跨上踏板，腳卻一滑，仰天摔倒……。

謝謝上帝，艱難困苦是好東西，如果不是它，我不會有今天的成就。不過，我更感激這個世界，因為不僅有壞人，而且有更多好人，所以我才沒有沉淪，沒有一味地把世界恨死。

酷點評

- 聽眾是身陷困苦與窘境的學生，如果不切實際地高談闊論，不僅得不到他們的認同，甚至會引起反感。
- 講者描述自己的苦難引出主題，以經歷和感受安慰一顆顆成長的心，激發聽眾的心聲和共鳴，產生激勵作用。

巧曝短處，貼近聽眾

陳毅在一次演講中，這樣說道：

我這個人很頑固，你要我這種人風大隨風，雨大隨雨，我就不幹。我這個人不是俊傑，我很蠢，文化人的習氣很深。我從政 40 多年了。老實告訴大家，我犯過兩次方向錯誤。1949 年犯過一次，1952 年犯過一次，以後我沒犯原則性錯誤。

我不吹噓，我講話豪爽痛快，有時很錯誤。不要以為我是在溫室裡長大的，我不是一帆風順，兩重身分，有過被鬥的經驗，也有過鬥人的經驗。我鬥人的經驗，比你們這會場上還猛烈得多，我什麼武器，機關槍、炮彈都使用過了。有人說我不識時務，由於我的性格做了不少的好事，也犯了不少錯誤。我不是那種哼哼哈哈的人。

酷點評

- 聽眾通常會討厭那些喜歡賣弄、以自己為中心的講者。
- 講者先自曝缺點，聽眾會有些驚訝，也會被其真誠所感動。講者更坦承過去的錯誤，放低姿態來增進交流。

巧用苛責，引導聽眾

忠信高中創辦人高震東在講演中告訴學生：

校園不乾淨，應該是大家的責任。你想，這麼大的校園，你不破壞，我不破壞，它會髒嗎？髒了之後，人人都去弄乾淨，它會髒嗎？你只指望幾個工人做這個工作，說：「這是他們的事。我是來讀書的，不是掃地的。」這是什麼觀念？你讀書幹什麼？讀書不是為國家服務嗎？眼前的務你都不服，你還能為未來服務？當前的責任你都不負，未來的責任你能負嗎？

水龍頭漏水，你不能堵住嗎？有些人打開水龍頭後，發現沒水，又去開第 2 個，第 2 個也沒有，又去開第 3 個。這樣的學生，在我學校是要被開除的！

酷點評

- 聽眾多半習慣聽到對他人或他事的看法，但講者反其道而行，剖析聽眾的弱點與行為後果。
- 講者語重心長的批評，雖然聽起來刺耳，但會引導聽眾反思，激起情感共鳴，瞬間就打動人心。

擅長對自己與他人吐槽，逗大家笑開懷

「吐槽」表示揶揄、拆台之意。吐槽可以是針對他人、他事、他物，善意地指出問題、講出意見。此外，可以針對自己，自我調侃、舒緩壓力。演講中適度運用吐槽，可以讓聽眾發笑，進而拉近彼此之間的距離。

拆台式吐槽

《中國合夥人》7 天票房破億，但編劇寧財神在一次活動中，這樣吐槽黃曉明：

黃曉明，我知道你現在被一片讚美聲包圍了，也知道全世界都愛你，但是請你自己換算一下票房，人家吳秀波、湯唯、薛曉路，在零宣傳的前提下票房 5 億多。你、鄧超、佟大為，還有偉大的陳可辛，全部加起來也不一定能超過人家啊，你還有什麼好開心的？當然，我這樣說，你不要難過，如果太難過，就到哥哥懷裡來。

我想告訴大家，《精忠岳飛》和《龍門鏢局》都是好電視劇。黃曉明，初次見你，是 13 年前，香山攝影棚。那時我們都還年輕，那一瞬間的擦肩而過，至今還讓我記憶猶新。

多年以後，我以為我能放下，但是我真的做不到！看到你在《中國合夥人》和《精忠岳飛》的精湛演技，我終於確定，當年的悸動絕非偶然，謝謝你來《龍門鏢局》串戲，這份愛我一直珍藏在心底。

酷點評

- 拆台式吐槽是指當面揭穿、數落對方。在談論自己人時，應該多說好話，但專挑壞的來講，能營造戲謔氣氛。
- 講者先拆黃曉明的台，又突然向他示愛，這樣的情感波動與落差，創造出強烈的幽默感。

追問式吐槽

王財貴教授在一次演講中，這樣吐槽留學生：

美國的同學非常好學，他看到中國人就很高興：「啊，你是從中國來的，我聽說中國有一本書叫《易經》是很有名的。《易經》講些什麼，你是中國人，最好能告訴我。」這個留學生說些什麼？他說：「I am sorry，我沒有讀過。」

「那你們中國有一本《老子》。」「I am sorry，我也沒有讀過。」「那麼你們是禮儀之邦，你們的《禮記》講的是什麼？」「I am sorry，我也沒有讀過。」「你們的孔子說：『詩三百、一言以蔽之，曰思無邪』，《詩經》美在哪裡？」「I am sorry，我不知道。」

「你們是歷史悠久的民族，你們第一本史書叫《春秋》，還有《左傳》，還有《史記》也很有名。什麼叫《春秋》、《左傳》？關公為什麼要看《春秋》？」「不知道。」「《世說新語》？」「不知道。」「宋明理學家為什麼要辯論？」「不知道。」

「那麼你們有一本書，叫作《唐詩三百首》。」「噢，我讀過兩句，『春眠不覺曉，處處聞啼鳥』。」這樣的留學生，他自己也感覺到慚愧，這就叫作「文化的侏儒」，值得我們反思。

酷點評

- 追問式吐槽是針對社會弊病，透過追問的形式善意提醒，達到刺激聽眾思考的目的。
- 講者的吐槽反映出對留學生文化底蘊的反思和憂慮，既立足現實、接地氣又有內涵，值得借鑑。

回應式吐槽

有位大學生在演講中，對誤解土木工程系的人說：

做了 4 年的土木人，在這裡我要給大家還原一個真實的土木工程專業！拜託別再叫我建築民工了！我們是手拿尺規，上天入地的真誠土木人。拜託別再以為我是課堂上埋頭畫圖、又土又木的書呆子。我們是用知識武裝頭腦，用實踐見證才華的優秀土木人！拜託請別再叫我「搬磚工」、「包工頭」！土木人天生就要與施工團隊打交道，我們不怕髒不怕累，請將我們當作城市的基建家，文明的奠基人！

我們不僅是工地中的施工者，還是圖紙上的建築工程師、結構工程師。再不濟，我們的名片上還印著技術經理、專案經理、預算工程師，聽著也響亮。拜託請別再叫我「木訥的工科人」，我們是懂得空間藝術與設計的土木人！在未來，一位合格的土木人力求建造出人類生活所需要的、功能良好且舒適美觀的空間和通道，發揚土木人的優秀品格，為土木工程飛躍發展貢獻自己的力量。

酷點評

- 回應式吐槽是指講者對他人的言論或行為做出反應，語氣多為無奈，目的是指出對方話語或行為的不妥之處。
- 建築工、包工頭都是現實中存在的說法，講者顯然不接受這些稱呼，因此講起來自然生動，又能喚起共鳴。

自嘲式「吐槽」

演員孫浩辰在〈龍的傳人〉演講中，吐槽自己：

我從小在美國長大。當我真正來到中國才發現，對於已經習慣美國生活的我來說，適應中國的生活並沒那麼簡單。

記得我參加一個中國朋友婚禮時，很真心地讚美新娘非常漂亮，一旁的新郎代新娘說了聲：「哪裡、哪裡。」我聽了後嚇了一大跳！想不到你真心地讚美，中國人還嫌不過癮，還需要舉例說明。於是我用很生硬的中文說：「頭髮、眉毛、眼睛、耳朵、鼻子、嘴巴都很漂亮。」結果，全場哄堂大笑。後來我才知道，「哪裡，哪裡」是中國人自我謙虛的話。

之前我認識了一位漂亮的中國女生，於是想要給她發訊息，但一時忘了娘怎麼寫，便自作聰明用媽代替了娘，結果就成了「親愛的，姑媽」。雖然我現在還不太懂中國的歷史，不完全習慣中國的生活方式，但我是中國人，中國是我的根。

酷點評

- 自嘲式吐槽是指大膽公開自己的糗事，在此過程中不僅可以一吐為快，還可以帶動現場氣氛。
- 講者揭露自己不懂謙虛文化、文字內涵而鬧笑話的糗事，讓聽眾在開懷大笑之餘，體會到真摯的內心。

用 4 種互動法讓聽眾參與，學習效果加倍

卡內基在一次演講前的宴會上，坐在主持人旁邊，對每個人都感到好奇，不停地打聽：那個穿藍色西裝的是誰？那個帽子上綴滿飾品的女士叫什麼？他們都是做什麼的？。

當演講開始，卡內基把剛才知道的那些人都用在演講上，甚至把他們請到台上當助手，讓全場聽眾為之傾倒。卡內基的成功告訴我們，在演講過程中與聽眾互動，最能扣人心弦。

用諮詢調查法，與聽眾互動

資深記者、編輯任小艾做班主任工作演講時，開場說：

今天的老師中，做過班主任和正在做班主任工作的請舉手。謝謝大家，幾乎是百分之百，只有幾個人沒舉手。好，在座的老師當中，做過 15 年班主任的請舉手。我們再看一下，大概比剛才少了一半。15 年，人的職涯一般是 30 年。能把 30 年一半的年華奉獻給班主任工作，是相當不簡單的。

在全國各行各業當中，我們的班主任是最小的官，沒有任何級別，待遇低，工作也最辛苦。在這個崗位上我們工作 15 年啊！如果沒有一點兒韌勁，如果沒有奉獻精神，如果沒有對這份工作的熱愛，很難堅持下來。難怪教育局長，剛才還向大家致敬呢。就是市長來了，向我們致敬也是應該的！

酷點評

- 在教師面前談班主任工作，就像是班門弄斧，但講者運用「諮詢調查法」，適時對聽眾進行詢問與調查，能激發參與感，吸引注意力，並透過互動扣緊大家的心弦。

用釋疑答問法，與聽眾互動

俞敏洪為學生解釋創業的兩種狀態時說：「第一種是從零做起，我和馬雲都是從零做起。第二種就像楊元慶，接柳傳志的班，最後變成聯想老總，他是接著別人的茬創業。」至此有人問：「俞老師，我怎麼把一個培訓機構和你做得一樣大？」

俞敏洪說：「很簡單，你先到新東方來打掃衛生。如果你打掃得非常乾淨，我把你提升為衛生部長；如果你衛生部長幹得好，你就變成新東方後勤主任；等你真的變成新東方後勤主任，我把你送到哈佛大學去學習；學習完了，我把後勤全交給你，讓你當行政總裁。第幾位啦？第二位！我一翹辮子，你就是總裁了。

所以我們的成熟是慢慢來的，就像一棵樹慢慢長大。一下子自己創業成功，這種人還是少數。我 32 歲才有了新東方。所以不要著急，人一輩子做多大的事都無所謂。」

酷點評

- 聽眾提問是演講過程的花絮，更是成功的機會。講者必須善於釋疑答問，與聽眾同步，滿足他們的需求。

- 講者以自己和2位企業家為例，介紹創業類型，然後藉由提問，用一串假設推理，把問題演繹得恰到好處。

用情境活動法，與聽眾互動

蒙牛乳業公司董事長牛根生，在一次員工會議上說：「我這裡有一個小瓶子，今天我要用它考考我們的工程師張蘭蘭，請您把瓶子蓋打開！」張蘭蘭接過瓶子，卻怎麼也擰不開。「好了，您把瓶子還我。我們再請巴特師傅過來。謝謝，您把這個瓶子擰開！」巴特接過塑膠瓶，沒費勁就把蓋擰開了。

牛根生說：「大家看，這麼容易就完成了。張蘭蘭是高級工程師，掌握著蒙牛牛奶加工的核心技術，我們廠全靠他們呢，她卻沒擰開瓶子蓋。巴特師傅幹庫管，工作時間長、工資低，擰瓶子蓋卻小菜一碟。這個現象說明『寸有所長，尺有所短。』蒙牛這個大家庭的成員，誰也離不開誰。」

酷點評

- 情境互動使得道理變得直觀外化，現場其樂融融。
- 講者摒棄一言堂，與聽眾進行情境互動，以活動為載體，生動地展現主旨。聽眾在接收活動的同時，也接收講者想說的道理，演講將發揮良好的效果。

用激發情緒法，與聽眾互動

巴頓將軍在橫掃歐洲前，對士兵發表談話：「弟兄們，最近有小道消息，說我們美國人對這場戰爭置身事外。那全是扯淡！美國人生來喜歡打仗，真正的美國人喜歡戰場上的刀光劍影。真正的男子漢都喜歡打仗。」士兵有人大喊：「將軍，我們就是男子漢！」

巴頓說：「美國人熱愛勝利者，美國人一旦參賽就要贏。我對那種輸了還笑的人嗤之以鼻，你們怎麼看？」眾人回應：「鄙視懦夫，嗤之以鼻。」巴頓說：「對，正因為如此，美國人迄今沒輸過任何戰爭，將來也不會。一個真正的美國人，連對失敗的念頭都會恨之入骨。你們說是不是？」眾人回應：「是的，將軍說得對」，隨後振臂高呼。

巴頓說：「第一次上戰場，每個人都會膽怯，但是這並不妨礙他成為勇士。真正的英雄，是即使膽怯仍舊堅持作戰的男子漢。」士兵群情激動：「我們要勝利，我們要男子漢！」

酷點評

- 演講以「男子漢、參賽就要贏」為主軸，為士兵運足底氣。講者善於鼓譟，與聽眾互動，激發巨大的感染力。
- 講者面對諾曼地登陸等嚴峻形勢，鋪展講辭，讓聽眾群情激昂、一呼百應。

第 9 堂

該如何精準「控場」？

有效控制場面是一種高深的技能。
如果能駕馭現場氣氛和秩序，
就可以鼓動聽眾情緒，集中他們的注意力。

說話「欲揚先抑」，造成反差效果

「欲揚先抑」是演講中常見的技巧。「揚」是指褒揚、抬高，而「抑」則指按下、貶低。這種方法使內容情節多變、波瀾起伏，製造鮮明對比，讓聽眾在傾聽過程中，產生恍然大悟的感覺，留下深刻印象。

先預熱，後展開

和順古鎮位於雲南省騰沖縣城西南 3 公里，經過 6 百年歷史的孕育，在某家電視台的「中國最具魅力的小鎮評選」中名列第一。原因除了和順本身的獨特魅力之外，媒體人崔永元身為代表的精彩演講，也為這座古鎮贏得不少人氣，他說：

我們前面介紹的這幾個小鎮，我看被評為魅力小鎮，絕對是名不虛傳，特別是北極村、宏村、西遞村，我都親自去過，比我們和順鎮確實強很多。來之前我也打退堂鼓，我跟鄉親們說，那些地方我都去過，比我們和順確實更有魅力，我們就不要參加這個評比了。後來鄉親們說：「去說說吧！哪怕說說咱們的缺點，學學別人的經驗，這也是一個難得的機會。」

酷點評

- 揚和抑，都是表達藝術上常用的強調技巧。
- 講者採取「先預熱，後展開」的方式，先誇讚競爭對手，接著滅自己威風，然後告訴大家，自己是以學習心態參加評比。這種特別的開場白，能緊緊抓住聽眾的注意力。

先鋪墊，後展開

某位軍人的妻子在演講比賽中，一開場就說：

看著烈日下工地上那一張張黝黑的臉，一條條古銅色的臂膀，一碗碗粗淡的飯菜，一杯杯渾濁的涼水，我心中忍不住泛起一陣陣酸楚，眼眶裡盈滿了淚水！他卻是那樣的豁達、那樣的樂觀，還笑咪咪地指著那正在鋪設的鐵軌對我說：「比起燈紅酒綠的城市，這裡的條件是艱苦的。但你想過沒有？這條鐵路一旦在地圖上出現，我們的人生價值便附著在上面了」。

酷點評

- 寫文章強調蓄勢，也就是欲揚先抑、先抑後揚。抑揚不可等量齊觀，應著重揚，抑則是襯托。
- 講者先鋪墊，後展開，先從艱苦環境中感受到軍人的豁達樂觀，再引述軍人的話表達他們追求實現自我價值。

先暖場，後展開

參議員史蒂芬・道格拉斯（Stephen Douglas）十分鄙視林肯，嘲笑他長相醜陋、出身低賤，並得意地對其他人說：「總統非我莫屬，林肯絕不是我的對手。」道格拉斯為了顯示自己高貴，總是乘坐豪華的專用列車到全國進行競選演講，每到一處都要鳴砲 28 響。林肯則是乘坐破舊馬車，到各地演說。

有一次，林肯發表競選演說時，有人諷刺他相貌醜陋、過於寒酸，林肯說：

的確，我相貌醜陋、出身低賤，不像道格拉斯先生那麼英俊，他出身名門、腰纏萬貫、錦衣玉食，像道道地地的英國紳士。我貧窮得一無所有，只有一間破舊不堪的小屋，屋裡只有一張床、一把椅子，再加一張桌子。另外，我還有妻子和女兒，我非常愛她們，她們就是我的生命。

酷點評

- 演講可根據需要，先揚後抑或先抑後揚來製造效果。
- 林肯先暖場、後展開。他的巧妙回答是一種讚揚他人、貶低自己的表現。他從自己的實際出發，先抑後揚，講出底層大眾的心聲，能讓聽眾產生認同感。

先蓄勢，後展開

美國有位官員在南卡羅來納州，對某個學院的全體學生發表演講：

我的生母是個聾子，沒有辦法說話，我不知道自己的父親是誰，也不知道他是否還在人間，我這輩子找到的第一份工作，是到棉花田做事。如果情況不如意，我們總可以想辦法加以改變。

一個人的未來怎麼樣，不是因為運氣與環境，也不是因為生下來的狀況。一個人若想改變眼前充滿不幸或無法盡如人意的情況，只要回答這個簡單的問題：「我希望情況變成什麼樣？」然後全身心投入，採取行動，朝理想目標前進即可。

酷點評

- 激情來自蓄勢待發，就是先鋪陳並積蓄情感，進而構成雄渾強健的力量，經過觸發便產生排山倒海的氣勢。
- 講者先蓄勢、後展開，渲染過去逆境，並展現今日地位，讓聽眾心中激起波瀾，對講者的問題產生濃厚興趣。

賣關子搞懸念，讓聽眾再嗨一次

在相聲語言裡，抖包袱是指揭開已預先設置的懸念，或是說出已鋪墊醞釀的笑料關鍵，來製造喜劇效果逗樂聽眾。在演講中，如果能有意地賣關子，設置包袱，然後抖開包袱，就能讓演講跌宕起伏，提振聽眾的精神。

故布疑雲抖包袱

在某校的學生會主席競選中，候選人張宏岩演講說道：

為什麼今晚我會在這兒呢？因為我聽說學生會需要一個廚師（大螢幕上出現張宏岩紅光滿面、腰紮圍裙做飯的照片）。我覺得不管是廚師，還是學生會主席，都在做同樣的事情，所以我不認同一個好的廚師不是一個好的學生會主席。

理由一，他們都需要團隊工作，比如我們要一起吃晚飯，我會說：「嗨！大衛，請你跑到超市幫我買 2 斤豬肉」，你一定跑得很快；理由二，他們都在做後場工作，比如廚師不會跑到你面前，跟你說你喜歡的可口食物是他做的，同樣，你們也不知道是誰組織了昨晚的宴會；理由三，他們都願意為公眾服務，而我們今晚是為了決定誰更願意為公眾利益服務。一個人只有先愛他自己的家，才有可能效忠公眾，而一個廚師一定愛他的家，所以一個優秀廚師一定是個優秀的學生會成員。

酷點評

- 抖包袱就是賣關子，預先設置懸念，再揭開謎底，營造一種曲折驚奇、引人入勝的氣勢。
- 講者先故布疑陣，接著為自己的觀點提供解釋，隨著包袱一層層打開，聽眾恍然大悟，驚嘆「原來如此」。

斜插打諢抖包袱

俞敏洪常調侃好友，曾在演講開頭就拿陳向東尋開心：

我在新東方算是長得比較難看的。但自從陳向東老師來到新東方以後，我就比較自信了。我在新東方講英語也算講得最差的，但是自從陳向東老師來了，我也有自信了。我相信，這次他從哈佛回來，他的英語口語到今天依然排在我後面。當然，我和陳向東老師兩人都是從農村出來，陳向東老師更加保持了鄉村的淳樸風味。

我想說的是，其實外表並不重要，真正重要的是個人的知識、技能、生活經驗、工作經驗、判斷力，以及把所有這一切加起來，上升成個人的智慧。

酷點評

- 演講需要營造氣氛，烘托主題內容，吸引聽眾注意。最常見的手段就是抖包袱、開個小玩笑來製造幽默。

- 講者一開場調侃別人，但話鋒一轉，指出外表不重要，重要的是各種才能相加起來的智慧，令人深思且受益。

先揚後抑抖包袱

某個網站爆出「牛群已與妻子劉肅離婚」的報導，輿論譁然。牛群只得出來公開發言：

這文章絕對值得看。寫我離婚的記者挺不容易，那篇幅挺大，得熬了幾宿，挺敬業的。我在此給他鞠個躬表示衷心的感謝。在網上查這記者的名字特別難查，因為現在人都是做好事不留名，這件事情我覺得特別有創意。看到之後我也挺興奮，興奮點在哪呢？我覺得他特別厲害。他是個新聞記者，把這事寫出來，你覺著他吃小魚有頭有尾，整個過程，他從歷史一直到今天，包括我們怎麼走到離婚的地方辦手續，房子怎麼給了她，我怎麼沒地方住，到朋友家去借宿，因為揭不開鍋，還有朋友接濟我。

從語言、故事細節，我都覺得特別真實，挺受啟發。他編得太好啦，所以我覺得他特別適合藝術創作。

酷點評

- 先大大褒揚人或事，再話鋒急轉至對立面，這樣多重鋪陳、襯托來製造氣氛，最後抖開包袱，會有意外效果。
- 講者一開始並未批評和指責報導不實，反而說記者很厲害，直到最後才指出他是優秀的「創作者」。

新穎觀點抖包袱

演說家樂嘉在〈成為真正有力量的人〉演講中說：

你要這樣想，那些打擊和不信任你的人，說不定是在用這樣的方式磨練你的心智，考驗你的意志，只是你不知道罷了。如果你覺得我這麼說特別虛偽，現在做成了，就裝聖潔，故意顯示寬容的力量，你真是大大地抬舉我啦。

對於骨子裡批判性極強，容易記仇，根本不具備寬容性的我而言，能這麼說，是因為我想明白了一個道理。我當年的富家女友信任我，要和我一起，而她父母對我不信任，要我們分開，其實是督促我成長的兩股力量。更何況，沒有她父母的不信任做參照，我也不會感受到她的信任，一切都是需要對比的。所以，如果我要感謝女友，就更要感謝她的父母。

酷點評

- 「感謝那些打擊和不信任你的人」這樣的觀點新穎特別，讓人不得其解，想要知道答案。
- 講者透過生動例子，證明自身觀點。這個包袱抖得很響，引起聽眾注意，再讓人恍然大悟，發揮極佳效果。

採行 4 技巧借題發揮，彰顯你的控場力

在演講中，借題發揮是指講者利用當時的某些場景或情境，來闡述題意，增強詼諧風趣，以達到深化主題，並展現形象魅力的作用。接下來，介紹幾種實用技巧。

依託熱點人物，借題發揮

作家麥家在某大學發表〈造夢者思想者〉演講，說道：

演講前有記者問，我和莫言都獲得過茅盾文學獎，我是否也對諾貝爾獎有所期待。在這裡，我想告訴大家，對這個獎，我是想都沒有想過，因為我自認為和這個獎相差甚遠。

其實這個獎，並非哪個作家想不想要的問題，而是想也沒有任何幫助，甚至會起反作用。恐怕莫言事先也沒想到會得這個獎吧。當然，人活著都會做夢。寫作是讀書人的夢。莫言一直在做夢，我也在做夢。其他熱愛文學的人，各行各業熱愛自己工作的人，他們都在做夢。人只有先成為造夢者，才能成為成功者。正如莫言在瑞典的精彩演講，今天晚上，我也希望自己爭取做個講故事的人。以後，我更希望在座的每位同學，都能向其他的人講你的故事，講你的人生，講你的思想。

酷點評

- 講者以莫言為線索，貫穿整個演講。開場以記者的追問，引出「做夢」的主題，接著指出造夢的功效和意義，最後鼓勵大家勇敢追夢與造夢。
- 整體上，鋪陳環環扣緊相連，並收斂統一，讓人嘆服。

抓住突發事件，借題發揮

教育學家李子遲在某所中學進行公益演講，當天美國和中國都發生校園傷害事件，於是他說：

兩起中學暴力案件令人傷心，但慶幸的是還有老師或同學在現場奮不顧身搶救傷者、制止事態、減輕災難，他們的勇氣感人，他們是「無名英雄」，值得我們讚美和學習。

於是我不免回憶起，在我自己身上發生過一件遙遠往事。高中時，我們學校有同學打群架。我當時不知從哪裡來的一股力氣，竟然衝過去把拿刀子的那個同學死死抱住，不讓他殺對方。就這樣，我不可思議地制止了一場即將發生的傷亡慘案。後來，當我變得懦弱害怕、不敢見血見刀、關鍵時刻不知道挺身而出，而自怨自艾時，就會想起這次事件。

酷點評

- 講者借用中美兩國的校園傷害事件，讚美無名英雄，又聯想到自己曾經的勇敢與今日的懦弱，強調正義感的重要性。演講聚焦，盡情聯想又真情流露，足見匠心獨運。

利用即時場景，借題發揮

某家醫院舉行門診開業典禮，舞台搭在院前兩棵古松旁，面對著粗壯挺拔的松樹和綠蔭下的員工。院長發表演講：

醫師是個無私的職業，人道、善良、關切、愛護是我們的宗旨。就好比這兩棵樹，無論太陽多麼毒辣，都給予我們蔭涼。醫師不是神，不是救世主，也不是萬能的，卻是病患的希望。再年輕的醫師，在病患眼裡都是長者，他們肯向我們傾吐一切。正如大雨時，我們大部分人看到一棵樹，就會情不自禁地朝它的懷抱裡奔跑，就如同看到不被淋濕的希望，知道它能夠給我們很好的庇護。

因此，我們醫師為了不愧對那一雙雙信賴的目光，必須提升自己的能力。只有那樣，我們才能給予病人依靠，才能在與死神的較量中獲得最終的勝利。

酷點評

- 講者以樹的無私庇護，比喻醫師救死扶傷的責任，將兩者巧妙提煉，鼓勵醫師用醫術和服務回報患者的信任。
- 一連串的呼籲與鼓勵都是借助場景裡的古松，表達得貼切生動、情真意切，深具感染力。

根據現實問題，借題發揮

在某個演講會，學生記者一直向楊瀾追問瑣碎問題，於是楊瀾說：

我還記得我第一次採訪基辛格博士時，特別沒有經驗。問的問題都是東一榔頭，西一棒子的，比如問：「那時周總理請你吃北京烤鴨，你吃了幾隻啊？你一生處理了很多的外交事件，你最驕傲的是什麼？」

後來在中美建交 30 周年時，我再次採訪了基辛格博士。那時我知道，再也不能問北京烤鴨這類問題了。我把所有有關的資料都搜集了，從他的論文、演講到他的傳記，有那麼厚厚的一疊，還有 7 本書，都看完了。雖然這次採訪只有 27 分鐘，但非常有效。有時準備了一桶水，最後只用了一滴。但是你這些知識的儲備，都能使你在現場把握住問題的走向。這個採訪做完，我發現雖然自己不是特別聰明，但我可以透過做功課來彌補自己的不足。

酷點評

- 對學生記者的不專業，講者借題發揮，委婉地提出指正，洋溢著濃厚關愛，能以情動人。
- 講者追憶兩次採訪基辛格異的差異，並分析其效果，來說明儲備知識和事前用功的重要性，最終深化主題。

利用慣性思維，
創造逆轉式結尾

慣性思維是指習慣依照既有思路思考問題。其實每個人都有慣性思維，如果你能巧妙運用，會產生出乎意料的效果。

運用關於情商的慣性思維

在某所大學的會議廳裡，一位頭髮斑白的教授正在演講：「有一個男人很愛一個美麗女孩。有一天，女孩不幸遇上了車禍，痊癒後，臉上留下幾道大大的疤痕，看上去恐怖猙獰。你們覺得，男人還會一如既往地愛她嗎？」聽眾當中有人回答「可能會」，但大部分人都回答「不會」。教授繼續說：「一個女人很愛一個男人。男人是商界精英，身價不菲。忽然有一天，他破產了。你們覺得，女人還會像以前一樣愛他嗎？」雖然回答「不會」的聲音沒有前面強烈，但還是占了大多數。

老教授笑著說：「看來，美女毀容比男人破產更讓人不能容忍啊。潛意識裡，你們是不是把他們當成戀人關係？可是，我沒有說他們是戀人關係啊？如果第一題中的男人是女孩的父親，第二題中的女人是男人的母親。他們還會一如既往愛著自己的孩子嗎？」同學們回答：「會！」老教授說：「這就是我今天想告訴你們的：這個世界上有一種愛，亙古綿長、無私無

求，不因季節更替，不因名利浮沉，這就是父母的愛啊！」

酷點評

- 善用慣性思維在結尾逆轉，會製造出強烈對比，使聽眾思考。講者設定深具誘導性的問題，與聽眾互動，最終揭曉答案：「因雙方關係不同，結論相反」，而突顯觀點。

運用關於智商的慣性思維

某個論壇邀請一位知名企業家，為年輕人做有關創業的演講。企業家問聽眾：「假如一條大河的對岸剛發現一座大金礦，但是河水很深，而你們又不會游泳，該怎麼辦呢？」

台下眾說紛紜，有人說：「繞到河水淺的地方再過河」，有人說：「練習游泳，練會了再遊過去」，也有人說：「造條船」，還有人說：「建一座橋」。企業家微笑著說：「你們說得都對，但這些都需要很長時間。世界上有很多善於游泳的人，在這段時間，他們早就游到對岸拿走了金子。」

企業家接著說：「別人拿走了金子，如果這時候你打退堂鼓，那註定你要兩手空空。如果你能記取不會游泳而失去財富的教訓，那麼你可以開游泳教室，請人教授游泳，一樣也可以發財，那些因為不會游泳而錯失金子的人都是潛在客戶。所以，世界上不缺少機會，而是缺少發現機會的眼睛！」

酷點評

- 講者利用慣性思維，巧妙設定互動環節，經過一波三折慢慢展開主題，讓聽眾深深感受到：只要善於發現，機會無處不在。這令人印象深刻，甚至拍案叫絕。

運用關於德商的慣性思維

某個機關請一位政治學者演講，他說：「假設有 7 個人住在一起，每天共食一鍋粥，人多粥少，大家互相爭搶。他們決定選出一個人來公平地分粥，大家覺得該怎麼選呢？」

有人回答：「大家輪流主持分粥。」學者說：「看似不錯，但輪到誰，誰難免給自己多分一些，其他人就吃不飽了。」還有人回答：「推選出一個品德最高尚的人分。」學者說：「指望一個掌握權力的人永遠品德高尚，是不現實的。」大家提出種種方法，但學者一一否定，最後說：「其實選誰來分都可以，只要讓分粥的人等到其他人都挑完後，才能取剩下的最後一碗，他為了讓自己的那碗不少，自然會儘量做到公平。」

這個故事告訴我們，只有透過制度，去限制掌權者其他方面的權力，才最有利於公平。否則，既有分粥權，又有先取粥的權利，只會導致腐敗。這就好比官員財產公開制度，官員們擁有「分粥」的公共權力，因而在財產隱私權方面必須受到限制，這樣才能保證公平。

酷點評

- 巧用慣性思維激發互動，是引導聽眾思路的好方法。
- 講者在開端請聽眾選出能做到公平的人，於是他們想方設法，但發現無解。講者提供答案：關鍵不在於怎麼選人，而是怎麼制約權力，並舉出社會制度的實例來說明。

從嶄新角度打破常規，讓人耳目一新

演講是為了表達自己的思想，或是與聽眾達成共識。反向立意可以幫講者從全新角度表達思想，讓聽眾耳目一新。

逆轉主題，要打破常識

作家倪匡在〈盡信書則不如無書〉演講中，說道：

「龜兔賽跑」是個不通之極的寓言。因為人人都知道，兔再打瞌睡、再偷懶，也必然比龜跑得快。兔天生跑得快，龜天生只能慢慢爬，這是不能改變的！寓言希望透過龜的努力、兔的鬆懈，改變這種鐵定的事實，其實是無稽之談。世上有很多事，絕不是靠努力能達到。有許多事，一些人唾手可成，一些人努力可成，一些人再努力也沒有用。世上有很多東西，有些人多得堆積如山；有些人很努力，能得到一些；有些人再努力，一點兒都得不到。別埋怨什麼，天下事本來就是這樣。

酷點評

- 「千古文章意為高」，演講也應如此。要對主題有獨到見解，力求人無我有，人有我新。對龜兔賽跑的故事，講者打破常規並用事實論證，這樣反向立意有理又有趣。

審視主題，要獨具慧眼

某位「紅學」愛好者在〈生活在原處〉演講中，說道：

少年時代的我們，生活在他方。這是詩人蘭德（W.S.Landor）的名言、昆德拉（Milan Kundera）的同名小說。對於年輕人來說，熟悉的地方沒有風景，真正的生活總是在他方。但我看過另一個《紅樓夢》的結局，不是黛死釵嫁，寶玉出家，而是湘雲為丐、寶玉做更夫，雪夜重逢，結為夫婦。我想說，永遠不能忘記這樣的《紅樓夢》，那樣的寶玉、湘雲讓人黯然：生活已然那樣不堪，最愛最眷戀的人已經遠去，為什麼不去死，不化煙化灰，飄然而去？

一定要苟且活著，讓生命不再純粹絕決，而非要那麼瑣碎悲哀，充滿無奈的煙火氣。但成年後，經歷過職場，經歷過一些世事人情之後，我們會發現，那才是真正的《紅樓夢》，人生就是如此：生活其實在原處。世界真小，才是我們常常發出的感慨，人情世故的冷暖，才是我們常常要琢磨的課題。真正的人生智慧，也不是大起大落，大開大合，而是能讓平庸凡俗的生活開出花兒，變得多姿多彩。

酷點評

- 世上沒有絕對的事物，只要用反向思維，審視眾人的慣性思維，就能挖掘其獨特內涵。講者反思「生活在他方」的主張，發現不同的判斷，提醒大家「生活在原處」。

開掘主題，要獨闢蹊徑

某位企業家在〈進一步，海闊天空〉演講中，說道：

做一件自己萬般想做的事，遇到阻礙或委屈，人們都會勸慰自己：「退一步，海闊天空。」似乎只要退了，就可以從挫敗的泥潭中掙扎出來，但我覺得這有些認死理（意指固執、不知變通）。如果我們所要做的事情不為己，還具有陽光雨露的品質，一旦受挫或根本不能做，我們也退嗎？我們該如何退？

由此我想到了「視死如歸」、「寧為玉碎，不為瓦全」之類的詞彙，以及與之相配、數不勝數的人物、傳奇。事實也證明，在我們的德育史上，這些詞條也更陽光、更正派，遠非「退一步」的庸和與淡泊可比。試想，人人遇事都退一步，甚至事前就退了一步，這事該怎麼做？誰又來「進一步」呢？

古訓「逆水行舟，不進則退」，它是主張進的，只有進、只有竭盡全力地朝前，我們才能逆水抵達彼岸。時代之所以進步到今天這個樣子，正是因為有了這些因敢於「進一步」而產生的曠世典範。沒錯，只有進，才會有更多的開闢，有了開闢，才會出現人生與社會的海闊天空。

酷點評

- 演講最忌人云亦云，發掘主題時要跳脫框架，嘗試發出不同聲音。很多人說「退一步海闊天空」，但講者反其道而行，引經據典、辯證分析、深挖觀點，更能打動聽眾。

昇華主題，要獨運匠心

某位學者在〈逢人少說三分話〉演講中，說道：

有個流行的說法，說上天賦予人一張嘴巴、兩隻耳朵，就是要讓人少說多聽。這個說法不錯，但著落在自己生活當中，大家卻常忘記少說與多聽應該結合一起。僅是少說，不足跟人交流真；還要多聽，才能解語心魂近。

所以，俗話說「逢人只說三分話，未可全拋一片心」，其實更應該「逢人少說三分話，全拋一片心細聽」。少說三分，以便細聽；聽明其心，三分少說。點到即止，小贏自可，交手少打三分拳，他朝猶能相見歡； 磚引玉，以少帶多，逢人少說三分話，人人暗贊你解人……。

世間萬語，與人言，同人說，他人謗你，欺你，罵你，贊你，誇你，捧你，都不妨將心作海，收納滿天青灰，一番澄藍徹明……。逢人少說三分話，靜持孤月此心明。知局，明勢，發簡素如練的光；識時，擇機，說切要有度的話。

酷點評

- 想讓舊事物得到新發展，在挖掘材料的同時，要有創造性地運用各種技巧，才能言人所未言，發人所未發。
- 講者依照提出、分析、解決問題來布局，以先破後立、由淺入深來構思，用排比、比喻來修辭，進而昇華主題。

第10堂

碰到意外如何「應變」？

出現意外狀況時，如果講者急中生智化解尷尬，
讓演講正常進行，可以彰顯非凡的功力與口才，
甚至傳為佳話。

上台意外跌倒，怎麼四兩撥千金？

當演講時，誰都怕遭遇尷尬而讓人看笑話，但這幾乎不可避免。根據調查顯示，走上講台差點跌倒或真的跌倒，在最尷尬的事當中名列前茅。事實上，對於跌倒，心存害怕會使演講效果不佳，若懂得用語言化解，就不會難堪，甚至能因禍得福，為演講增添光彩！

讚揚聽眾

曾有一位講者走上講台時，不慎被配線絆倒了。台下聽眾發出一片驚嘆聲和倒彩聲，氣氛降到冰點。但是，講者爬起來後，不慌不忙地走到麥克風前，微笑著說：「各位，我確實為大家的熱情傾倒了！謝謝！」頓時，全場響起熱烈掌聲，為這樣絕妙的應變和開場白喝彩。

酷點評

- 被配線絆倒是一件很尷尬的事，但講者歸因為被聽眾的熱情傾倒了。這樣巧言為自己辯解可謂機智，不僅立即化解尷尬，更拉近與聽眾的距離，自然贏得掌聲。

亦莊亦諧

某一天，白宮舉行盛大的頒獎儀式，美國政府為了表彰知名航太學家馮・卡門（Theodore Von-karman）在火箭、航太等技術上的巨大貢獻，決定授予國家科學獎章。

當時馮・卡門已經 82 歲，患有嚴重關節炎，他氣喘吁吁地登上領獎台的最後一個台階時，踉蹌了一下，差點摔倒在地上。頒獎者甘迺迪總統急忙跑過去攙扶住他。馮・卡門幽默地對總統說：「謝謝總統先生，物體下墜時不需要推力，只有上升時才需要……。」眾人無不欽佩他的機智反應。

酷點評

- 遇到意外時，要懂得將它說得好像不是意外，而是有意為之，能化尷尬於無形。講者將跌倒說是物理上的物體下墜，將他人的攙扶附會為推力，語言生動又符合身份。

巧妙引申

知名節目主持人楊瀾，1991 年主持金鷹獎頒獎晚會，有一次報幕後下台時，在眾目睽睽之下不慎跌了一跤，的確有些難堪。

但說時遲、那時快，只見楊瀾迅即一躍而起，滿面笑容地對觀眾說道：「真是馬有漏蹄、人有失足呀，我剛才的獅子滾繡球節目演得還不夠熟練吧？看來這次演出的台階並不那麼好下啊，但台上的節目會很精彩的。」楊瀾就這樣巧妙地擺脫難堪，全場爆發出熱烈的掌聲。

酷點評

・跌倒摔跤並不可怕，若懂得借題發揮，把尷尬說得巧，會發現塞翁失馬焉知非福。講者跌跤後迅速轉過身，把這說成是表演，不僅為自己找台階下，還化尷尬為歡樂。

聯繫自身

奧斯卡影后雪莉・布思（Shirley Booth）上台領獎時，由於跑得太急，上台階時絆了一下，差點摔倒。她在致辭時說道：「我經歷漫長的艱苦跋涉，才到達這事業的高峰。」這句隨機應變的話簡直妙不可言。

酷點評

・跌倒時懂得隨機應變把話轉到主題上，它反而會成為襯托主題的完美工具。講者將差點跌倒的小插曲，與拍電影的艱辛巧妙結合在一起，揭示了達到事業頂峰的真諦。

麥克風斷斷續續，怎麼應變說下去？

你是否曾在演講時遇到設備故障？例如：麥克風鬧點小情緒，讓你心神不寧，無法順利說話。麥克風出現問題是常有的事，你不妨巧妙應變這些情況，能為你的演講加分。

麥克風缺乏運動，上氣不接下氣

2014 年，某一場由電視台名嘴、文藝界與體育界明星領銜的路跑活動，在奧林匹克森林公園啟動時，吸引了超過 2 千位跑友參加。有趣的是，當奧運舉重冠軍張湘祥講話時，麥克風出現故障，聲音時斷時續，他機智地回應：「今天的麥克風不好使，這就是缺乏運動的表現。鍛鍊不夠，難免上氣不接下氣。」

酷點評

- 講者沒有責怪麥克風故障，反而說這是因為麥克風缺乏運動。這種說法很誇張，卻緊扣演講主題，即路跑活動主旨，可說是銜接得天衣無縫，自然會使聽眾拍手叫好。

專業演唱會不讓人說話

有一次，北韓國家電影樂團舉辦經典電影歌曲演唱會，身為藝術總監的崔永元走上舞台準備發言時，出現了意外，麥克風突然沒有聲音。

崔永元剛開始有點尷尬，但很快便冷靜下來，自嘲說：「看到大家對北韓電影歌曲的熱情，我高興得在後台隨便搶了個麥克風上場，沒想到卻不出聲。我算是明白了個道理，一場專業的演唱會是不讓說話的，就像我這樣，想說就沒聲音。」這樣的幽默令人忍俊不禁。

酷點評

- 對於麥克風失聲，講者將問題歸於自己的不小心和無知，而這樣的起因建立在力捧北韓歌曲與觀眾的基礎上。
- 他話鋒一轉，再次表達自己對演唱會的推崇，把尷尬化為觀眾的歡樂和期待，說得既自然又面面俱到。

導演特別讓我唱兩遍加深印象

歌手蔡國慶在「同一首歌」晚會上，演唱一首新歌〈東方瑰寶〉，當他唱到一半時，麥克風斷線了，此時觀眾譁然，但他並未亂了陣腳。等到麥克風恢復正常時，蔡國慶輕鬆地說：「真是很有意思，這是首新歌，所以導演特意讓我唱 2 遍加深印象。」

酷點評

- 麥克風斷線影響表現的狀況不少見，但講者將故障刻意解釋為導演安排唱兩遍新歌，立刻緩解尷尬。明明是麥克風故障，結果卻成為一次意外驚喜。

這不關我的事，我沒碰麥克風

法國前總統席哈克（Jacques Chirac）曾造訪北京大學，發表〈法中合作夥伴關係：雄心勃勃構建和平與進步〉演講，闡述他對雙方關係及其前景的看法。

不過，在回答一位學生的提問時，麥克風出現一點故障，這位 73 歲的總統像孩子般，做了一個頑皮鬼臉，聳聳肩說：「這不關我的事，我沒碰麥克風」，贏得全場聽眾的笑聲和掌聲。

酷點評

- 面對意外，幽默搞笑的表情與話語能迅速活絡現場氣氛。講者發現麥克風故障，沒做任何解釋也沒佯裝不知，反而像小孩子做錯事，聲情並茂地表示這不關他的事。

這完全是在考驗我的唱功

明星綠色公益演唱會上，韓紅正熱情飽滿地唱著，突然麥克風沒了聲音。雖然幾近清唱，但韓紅極具感染力的嗓音反而顯得格外真切、深邃和感性。工作人員忙不迭地上台更換麥克風，韓紅幽默地調侃說：「這完全是在考驗我的唱功，唱著唱著就把我的麥克風拿走了。」

酷點評

・麥克風突然失聲，很破壞氣氛，但工作人員上台更換麥克風後，講者卻借題發揮，把這一切說成考驗自己的唱功。這樣的無稽之談誇張得可愛，贏得全場歡呼。

用別人麥克風就是冒險

在電影《黃金大劫案》的發表會上，白岩松以特邀嘉賓身分出場，但一開口就遇上麻煩，因為他向手中的麥克風連「喂」了兩聲，就是沒有聲音。不過，白岩松沒有慌張，反而笑著說：「用別人的麥克風，就是一次冒險。」

酷點評

・想講話但麥克風出不了聲，場面當然很窘，但講者只說一句話就挽回氣氛。講者臨危不亂的表現，讓主持人讚嘆：「不愧為名嘴，換一次麥都是那麼有深度。」

氣氛比北極還冰冷？
3 招喚起熱度

若聽眾對演講內容不感興趣，就會出現冷場。要麼是單向交流，聽眾心不在焉；要麼是雙向交流，聽眾毫無反應或敷衍幾句。那麼，講者該如何避免冷場，激發聽眾注意，活躍現場氣氛？

穿插笑話

在一場關於「保護環境，人人有責」的演講比賽中，很多演講者千篇一律、沒有新意，現場聽眾逐漸失去興趣。這時候，有位講者在談到北京污染嚴重時，突然說個笑話：

昨晚我做了一個夢，夢到唐僧師徒取經路上，走一會兒，悟空問：「師父，前方煙霧繚繞，如仙境一般，是到西天大雷音寺了吧？」唐僧說：「悟空，那是北京市區！如此仙境，難怪是全國幸福指數最高的城市！一路上你總是叫冤抱屈的，你就留在這裡吧！」

悟空回答：「師父，是徒兒錯了，徒兒一定要跟你去西天！」唐僧說：「徒兒不知，留在此地是去西天最快的方式。」

酷點評

- 演講時出現冷場，表示聽眾對話題興趣缺缺，這時講者可以轉換內容來吸引注意力。
- 對一提再提的環保問題，若是老生常談，聽眾多半無感。講者調整角度、講個笑話，頓時讓現場氣氛熱絡起來。

穿插故事

1924 年夏天，孫中山在廣東大學演講，闡述三民主義的要義。然而，會場小、聽眾多、空氣差，有些人已昏昏欲睡，根本沒有心思聽講。這時孫中山穿插一個故事：「香港一個搬運工人買了一張彩票，藏在竹槓裡，得知中獎後，以為從此不需竹槓討生活了，便把竹槓拋入大海，誰知領獎必須憑票，他哪兒能找回藏票的竹槓呢？」

聽眾聽了打起精神，孫中山順勢導入正題：民族主義就是這根竹槓。意思是，要反對帝國主義，必須握牢強有力的武器。聽眾領悟後哈哈大笑，窒悶的空氣一掃而盡。

酷點評

- 人們都對有趣事物感興趣，也願意花時間討論。當遇到冷場，講一些生活趣事能吸引聽眾注意，並活絡氣氛。
- 講者說一個似乎脫離本題的故事，但這其實是畫龍點睛，順勢將話題拉回主軸，為後續言論做了良好鋪陳。

穿插美言

一個香港旅行團一到杭州，就遇上綿綿陰雨，因此遊客的情緒十分低落。導遊看到這個情況，對大家說：

天公真是太作美了。一聽說遠道而來的客人要遊覽西湖，就連忙下起濛濛細雨。大家還記得蘇東坡的那首詩嗎？「水光瀲灩晴方好，山色空蒙雨亦奇。若把西湖比西子，淡妝濃抹總相宜」，今天我們有幸能親自感受一下雨中西湖的詩情畫意，真是天賜良機啊。

酷點評

- 面對糟糕的天氣，遊客自然會情緒低落，聽不進導遊的解說。講者巧妙地穿插一首詩歌，以西湖之美引發遊客美好聯想，不僅開導遊客鬱悶心情，也激起他們的興致。

不小心口誤說錯話，需要道歉嗎？

知名相聲家馬季有一次到湖北黃石市演出，在表演前，有一位演員錯把黃石市說成「黃石縣」，引起觀眾哄笑。馬季登台後，一開口就說：「今天，我們有幸來到黃石省演出。」這回聽眾不笑了，而是竊竊私語：「怎麼回事，連你也錯嗎？」

這時候，馬季解釋：「剛才，我們一位演員把黃石市說成縣，降了一級。我在這裡當然要說成省，提上一級。這樣一降一提，哈！就扯平啦！」此話一出，博得全場觀眾熱烈的掌聲和笑聲。

在聽眾面前演講，難免心裡緊張或是不小心，因此出現口誤在所難免，即使高手也有馬失前蹄的時候。那麼，一旦演講發生口誤，該如何補救？

機智堵漏

十七中學有 5 千多人，其中 2 千多人擠在一棟樓裡上課，平時常有人在碰撞中受傷。

劉娜娜受邀在學校發表〈珍愛生命善待自我〉演講，以提醒大家重視，她說：「生命，一個多麼鮮活的詞語；安全，一個多麼古老的話題。同學們！一人安全，全家幸福；生命至上，安全為天。曾幾何時，人們還在為柬埔寨送水節踩踏事件的 347 名死難者沉痛不已，新疆阿克蘇市第五小學又因為踩踏事故，有 41 位小學生遇難。」

講到這裡，劉娜娜發覺說錯話——說「受傷」才對，不應該說「遇難」。她接著說：

所幸的是，我這裡說的遇難是遇到困難的意思，41 名小學生的生命受到嚴重威脅，他們都受了重傷。這對我們來說，難道還不夠洪鐘大呂振聾發聵嗎？生命只有安全才能永保活力。在安全問題上，我們務必警於思，慎於行，防範在先。

酷點評

- 在出現口誤後，若能運用機智處理漏洞，把話說得圓一點，演講就不會受到影響，進而自然流暢。
- 講者不小心說錯話，若直接更正等於承認犯下低級錯誤。他巧妙應對得恰到好處，讓人看不到失誤影子。

即興拐彎

在高一某班以「反腐倡廉」為主題的班會上，班長說：「古語說：『魚為誘餌吞鉤，鳥為秕穀落網。』一個人利用手中的權力謀私，貪一己之利，必將身敗名裂。最近，在我們老家，和我爸很要好的一位叔叔，已經到處級了，因為貪污落馬，現在正在服刑。一個好端端的三口之家，就這麼妻離子散。他的孩子也在上中學，在學校吃盡了苦頭。」

說到這裡，班長發現不少同學的目光轉向某位同學，有的發出噓聲，有的竊笑。原來那位同學的父親也因貪腐而進入監獄。這不等於激發大家情緒，給那位同學增添煩悶嗎？班長注意到這一點，趕緊收口說：

其實，人們歧視孩子是不對的。做誰的兒子並不是自己說了算。現在，「血統論」時代早已過去了，貪官有罪，子女無辜，他們仍然可塑可雕可成材，可以做社會的棟樑。他們和我們一樣享有尊嚴和權利！

班長說話時，目光落到那位同學身上，全班同學報以熱烈的掌聲。

酷點評

- 當演講出現口誤時，如果及時變換角度將話題轉向，可以使口誤的危害降到最低。
- 講者抨擊腐敗現象，卻造成特定同學可能被人歧視，於是他將言論轉彎對血統論的批評，順利補救失誤。

將錯就錯

市議會高層到實驗中學視察學校工作，學生會會長在座談會上說：「市政府官員在百忙中抽時間到我們學校來……」這句話還沒說完，旁邊的同學提醒他：「錯了，是市議會。」但學生會長已來不及改口，就硬著頭皮繼續說：

已經是 1 年前的事了。去年，官員來本校視察社團工作，促使我們建立了學生會。現在市議會高層又到我們學校來，肯定會為本校帶來新的變化。我是學生會會長……

大家都為學生會會長捏了一把冷汗，還好他將錯就錯把話拉到正題上。

酷點評

- 若事情已做錯或出現口誤，有時將錯就錯繼續做下去，在失誤的餘波後以誤引正，既不會離譜又能彌補錯誤。
- 講者發現自己出錯，沒有急著修正，而是延續原有說法再談開，將去年的視察當作回顧，把話拉回到正題上。

遇到踢館刁難，你可以妙語解圍或……

在演講過程中，你是否遭遇過無端刁難，像是有人起哄、鬧場，或質疑你的說法？這些干擾往往會打斷演講思路和布局，使講者處於被動尷尬的狀態。那麼，該如何有效處理這種狀況？

以情感人

在林肯當選總統的那一刻，整個參議院的議員都感到尷尬，因為林肯的父親是個鞋匠。當時，美國參議員大部分出身於名門望族，自認為是上流社會優越者，從未料到要面對的總統是一個卑微鞋匠的兒子。

於是，林肯總統首次在參議院發表演說時，就有參議員想要羞辱他。當林肯站上演講台，有個態度傲慢的參議員站起來，說：「林肯先生，在你開始演講前，我希望你記住，你是鞋匠的兒子。」所有的參議員一聽都大笑，開懷不已。

等到笑聲停止，林肯總統說：「我非常感激你使我想起我的父親，他已經過世了，我一定會記住你的提醒，我永遠是鞋匠的兒子。我知道，我做總統永遠無法像我父親做鞋匠那麼好。」參議院陷入一片靜默。

林肯轉過頭對那個傲慢參議員說：「就我所知，我父親以前也為你的家人做過鞋子，如果你的鞋子不合腳，我可以幫你改正，雖然我不是偉大的鞋匠，但我從小就跟父親學習做鞋的技術。」

然後，林肯對所有的參議員說：「參議院裡的任何人，如果你們穿的鞋子是我父親做的，當它們需要修理時，我一定盡可能幫忙。可以確定的是，我無法像他那麼偉大，他的手藝無人能比。」林肯說到這裡流下了眼淚，所有的嘲笑聲都變成了掌聲。

酷點評

- 外界的否定評價讓你看到自己的不足，但如果你的角度偏差，就會過度放大自身缺點，而感到自卑或氣餒。
- 講者勇敢承認自己出身的弱勢，用真誠話語打動給他難堪的人，這顯示了以情感人是消除惡意的最佳方法。

巧裝糊塗

亞伯（Iorwith Wilbur Abel）當選美國鋼鐵工會主席，在演說時，聽眾不買他的帳，要他下台。亞伯微笑著說：「謝謝各位，我等一會兒就下台，因為我剛上台呀。」

此外，克萊（Henry Clay）曾任美國國務卿，他的演講富有煽動性和感染力，贏得參眾議院大多數人的讚賞，但也有人嫉妒和貶低他的才能。曾經有人對他說：「你的演講沒有生命力，只能針對當代人取得眼前效果，而我們的演講則是著眼於子孫後代。」克萊回答：「這麼說，你決心要等到下一代的聽眾來到後的那天，才開始演講嗎？」

酷點評

- 面對不懷好意的訕笑、批評或誹謗，如果與它們針鋒相對，就會顯得缺乏教養與智慧。
- 講者看似說糊塗話，其實是裝傻。用糊塗技巧來應對刁難，既幽默幽默又能委婉回擊，實為兩全其美。

妙語解圍

美國總統雷根（Ronald Reagan）訪問加拿大，在一座城市發表演說之際，有一群舉行反美示威的人不時打斷他的演說。加拿大總理杜魯道（Pierre Trudeau）對於這種無理的舉動，感到非常尷尬。但是，雷根面帶笑容對他說：「這種情況在美國經常發生，我想這些人一定是特意從美國來到貴國，可能他們想讓我有一種賓至如歸的感覺。」杜魯道聽到這番話，禁不住笑了。

英國物理學家、化學家法拉第（Michael Faraday），是近代電磁學的奠基者，他的科學發現為電的應用開闢了廣闊的道路。但是，在電燈、電話和電動機發明之前，不少人懷疑電的用處。有一次，法拉第發表了關於電磁感應理論的講演後，有一位貴婦刻意挖苦他：「教授，你講的這些東西有什麼用處呢？」法拉第詼諧地回答：「夫人，你能預言剛生下的孩子有什麼用處嗎？」

酷點評

- 總有一些聽眾或提問會讓你左右為難，若你回應得不好，就會引發困擾或掉入陷阱，使說話效果大打折扣。
- 講者的應變與回答都展現了機智，若你能多學習並觸類旁通，也能說出漂亮的話，讓提問者的詭計無法得逞。

PART 4

你 30 秒完美收尾，讓聽眾變粉絲

第11堂

說出那些「情感」豐富的小故事！

成功的演講總是感情充沛，
因此講者要融入並述說自己的心路歷程，
才能強化情感表現，打動聽眾的心，
讓演講大放異彩。

從 3 方面抒發情感，才不會顯得虛偽矯情

《莊子‧漁夫》寫道：「不精不誠，不能動人。故強哭者，雖悲不哀；強怒者，雖嚴不威；強親者，雖笑不和。」這句話應用在演講中，就是要放入真實情感，發出肺腑之言，不能言不由衷、虛情假意。整體上，可以從以下 3 個方面抒發情感。

選取典型材料，抒發真實情感

節目主持人竇文濤在〈珍惜當眾出醜的機會〉演講中說：

我在初中的時候，老師讓我參加演講比賽，寫了講稿，也倒背如流了，我讓家裡人說任何一段的頭 1 個字，我刷刷就把下面的內容背出來了。上台的時候，底下黑壓壓一片，我背了第一段，就想第 2 段開頭的字，背完了第 2 段，我的大腦一片空白，衝著全校師生沉默了足有 1 分鐘，嚇得尿褲子了，全校師生都目睹了我跑出校門。

後來我回學校，覺得旁邊的女生的笑聲都是在笑我。我們老師對我說：「雖然你沒有講完，但是你朗誦的那兩段挺好的。你不要緊張，能背下來肯定能得個名次，我推薦你去參加其他比賽。」我這次答應得比上次痛快，好像覺得無所謂了，結果背下來得了 1 個名次。

從此之後我就有點變化了，反正已經不要臉了，還有什麼畏懼呢？卸下這個負擔後，我覺得自己還行，也能經常在各種場合露露臉。

酷點評

- 演講就如做人，要從現實生活中尋找真實案例，挖掘出平凡中的不平凡，來表達自己的態度與觀點。
- 講者選取自己的親身故事，抒發他熱愛出醜的真情實感。由於一般人都有類似經歷，自然容易引發共鳴。

描述具體形象，抒發真實情感

企業家董明珠在〈青春是什麼〉演講中，這樣說：

我們有一個員工，他是初中生，他來到格力電器就是普通的搬運工。按照一般人來說，一個搬運工把貨搬走，不把貨摔了，我覺得就很好了。但他不是，他在公司看到我們的堆高機，就特別地羨慕，他想什麼時候能開這個車就好了，他每天下班以後就圍著堆高機轉，後來他的班長說，你如果對這個車感興趣的話，就去考個證。結果他花了 6 百塊錢（人民幣），考了一個證，開始開堆高機。

按照道理他實現了他的夢想，但他並沒有因此滿足。有時候，不滿足也是一種青春。他跟同事們在一起吃飯時，他看到別人用打火機把啤酒瓶打開了。你知道他在想什麼？他在想，如果我的堆高機能把啤酒瓶打開，是不是就表示我的技術更加精湛了？他回來後買了好多箱啤酒，每天去練，最後成功了，他不僅用堆高機叉開了啤酒瓶，還能用堆高機穿針引線。這種精神感動了一批人，我們公司現在所有的堆高機駕駛在培訓過程中，必須能開啤酒瓶和穿針引線才算是合格。

酷點評

- 成功的演講會透過描寫、議論與敘述等手法，將抽象的感情具體化，準確地表現出自己的情感。
- 講者陳述一大段細節，具體呈現一個勤奮好學的年輕人，來抒發自己對員工的讚美和肯定。

展現熟悉生活，抒發真實情感

導演陳凱歌在〈我和我所處的時代〉演講中，說道：

我當時是在雲南生產建設兵團，我做什麼工作呢，一望無際的原始森林，我們到達的那天晚上是很奇幻的，為什麼這麼說呢，凡經過之處全是螢火蟲，美得不得了，心裡很高興「到了一個好地方」。第二天早晨看見的時候，面貌完全改觀，發給我們的是一把砍刀，我們的工作是在原始森林裡，把這些樹砍倒，等曬乾以後，放一把火全部燒掉，然後去種橡膠樹。

我得跟大家坦白，就是我這雙手沾滿了大樹的鮮血，今天我心裡還感到非常慚愧，那時候我所在的地方，今天大家說起來是一個好地方——（雲南省）西雙版納景洪縣，但那個時候是一個非常封閉的地方，生活非常非常艱苦，更主要的是心情苦悶，找不著出路，回不了家。後來我就想我把樹都砍倒了，換來的是兩手血泡，我看著手上的血泡就告訴自己，我明白了什麼是生活——生活原來是用鮮花做補丁補好了的一件破衣服。

我幹完活休息的時候，坐在原始森林的大樹下，邊看天看地看樹看雲，看著看著眼淚就下來了，非常脆弱。可是就是在這種時候，我覺得我慢慢長大了。

酷點評

- 生活的真實才能感動聽眾，因此演講需要真實，而優秀的講者都善於展現自己熟悉的生活。
- 講者回憶往昔，讓人覺得親切、感同身受，使得他對過往生活的情感抒發得到良好支撐。

想營造深刻感染力，你該怎麼投入情緒？

成功的演講能打動人心，因此講者必須自然地投入自己的真實情感，使它們滲入演講的事理與景物當中，讓聽眾產生強烈共鳴。那麼，該選取哪些途徑投入情感呢？

在融入自身經歷時，投入情感

演員謝霆鋒在出席香港科技大學的亞洲領袖系列講座時，發表〈想成功，先誠實面對自己〉演講，說道：

過去 9 年，我都在經營朝霆製作公司。我們做的是後期製作，這是一個陌生的行業，它指的是配音、剪輯、影像合成、電腦動畫和特效等。我會成立這家公司，是因為 22 歲時，我拍了很多音樂錄影帶、廣告、電影，希望呈現出自己想要的視覺水準，但總是被拒絕。

經常聽到我們國內的製作公司說：「對不起，做不到。」我就問他們：「為什麼？」他們總是回答我說：「太貴了，而且我們也沒有這樣的技術，你要去好萊塢才做得到。」我聽了就很火大，韓國都做得出足以匹敵好萊塢的水準，我們竟然只能依靠西方的技術，真的很可悲。

酷點評

- 若能連結實際狀況，從親身經歷講述曾感動自己的人和事，可以讓聽眾有切身感受，進而大幅增強情感效應。
- 講者介紹自家公司業務後，談到創業原因，並以他的親身經歷，說明國內影視後製技術不如國外的無奈。

在創設現實情境時，投入情感

志工劉思宇在中山大學發表〈你怎樣，你的中國就怎樣〉演講時，說了一個故事：

有一家男主人，因為吸毒交互使用針具感染了愛滋病，又透過性傳播把病毒傳染給妻子，又透過母嬰傳播把病毒傳染給孩子。我們去探望的時候，男主人已經不在了，女主人躺在床上，小女孩縮在角落裡。他們一家因為感染愛滋病，被村子裡的人趕了出來。

送完東西要走的時候，小女孩拉住我的衣襟，給了我一包東西。打開來，是錢，用衛生紙包著，1 毛、2 毛、5 毛、1 塊的錢。我問她：「你給我這個幹什麼？」小女孩說：「哥哥，給你這些錢，你能救我媽媽嗎？」我當時一愣，就說：「政府會救你媽媽的。」小女孩又問：「我媽媽會死嗎？」我當時就哽咽了，說不出一句話。

酷點評

- 透過描述現實情境，讓人有身臨其境之感，然後在這個情境中注入深切情感，能達到感染聽眾的目的。
- 講者提倡奉獻與助人，在抒發對愛滋病患的憐憫後，滿懷沉重地講述小女孩請求志工幫助母親的場景。

在置換心理角色時，投入情感

作家雛雄在〈我們缺乏一個好的社會制度〉演講中說：

在座的朋友們，我們在譴責那些冷漠的人的同時，我們是否可以換個角度想想：如果你在車站看到一位婦人，說自己沒錢回家，你敢給她錢嗎？你的答案是不是「不敢」？因為你覺得她很有可能是騙子；如果你在街上看到一位老爺爺摔倒了，你敢把他扶起來並開車送他到醫院嗎？你的答案是不是也是「不敢」？因為他有可能會說是你把他撞倒的，你要承擔全部醫藥費，甚至吃官司。

那麼，為什麼會出現這樣的狀況呢？朋友們，那是因為我們缺乏一個好的制度。我們都害怕為了幫助人，不但得不到好報，還可能會被訛詐。

酷點評

- 在演講中轉換心理角色，會立刻觸發情感的投入，產生強烈震撼力，讓聽眾有了切身感受。
- 講者為了說明原因而變化敘述角度，把聽眾置換到當事者的位置，進行心理解剖和審視，促使他們換位思考。

怎樣借用周遭人事物，傳遞你真誠的情感？

成功的演講應該情感飽滿，像沖出閘門的河水、呼嘯著奮進的浪花，讓人精神振奮、思想昇華。因此，講者要推心置腹，講出真實情感。那麼，透過什麼管道傳遞情感最合適呢？

托物寄情

楊鵬程教授在新生開學典禮上，這樣告訴大家：

我今天要說的是——門！世界上最有名的門是法國凱旋門，中國最有名的門是天安門。我們今天不講凱旋門，不講天安門，只說一說我們湘潭師範學院的校門。這幢門線條流暢、姿態優雅、造型別緻新穎，號稱湖南高校第一門。

中文系說它是革命的浪漫主義與現實主義結合的產物；數學系說它昭示著我們要不斷探索；物理系說它的寓意是學如逆水行舟，不進則退；歷史系說它是迎接高考勝利者的凱旋門……。真可謂仁者見仁，智者見智。

這是一座幸運之門，這是一座光榮之門，這是一座科學之門。你們從四面八方踏進這座校門，你們是時代的驕子，社會的寵兒；未來你們步出校門奔向五湖四海，你們將是社會的棟樑，國家的希望！希望你們在門內的 4 年勤奮刻苦，門門功課優秀，為校門添磚加瓦；跨出校門後獻身科學，獻身教育，爭當中國的愛因斯坦、門得列夫，為校門增色添彩！

酷點評

- 善於抓住事物特徵，以及感情引起共鳴之處，把情感傾注在對物的講述中，能讓聽眾如見其物並感同身受。
- 講者自始至終以校門為中心，對門內門外的學子提出殷切期望，濃濃情意讓聽眾產生自豪之情、奮發之志。

借景生情

王石在〈不確定的時代該如何拚自己〉演講中，說道：

4 年前，我曾來到金沙江漂流，金沙江上水流湍急，到堰塞湖的時候，江水準靜，流得非常非常緩慢，這時我就有時間看兩邊的景色。金沙江兩邊景色都是懸崖峭壁，這時你才發現，懸崖峭壁上是一股一股潺潺的流水，我突然醒悟到，這滔滔的江河就是一股一股無數潺潺細細的流水形成的。

這一股股的流水就是我們每一個人、每一個家庭、每一個企業、每一個單位，如果我們每一股細小的力量，都做我們應該做的事情，我們匯成的江河，就將匯成我們對未來的期望。

酷點評

- 借景抒情是將景物賦予生命和情感，以情馭景、憑情選景、渲染烘托，進而達到情景交融、情景相生的境界。

・講者透過金沙江的景色，表達自己的思想與情感，達到一切景語皆情語的境界，使聽眾身臨其境、感同身受。

借人傳情

俞敏洪在〈生命需突破突破再突破〉演講中，說道：

阿里巴巴是馬雲做的第 5 個公司。馬雲在大學畢業後，開了一個外語課程培訓班，招 20 個人，3 年後還是 20 個人。馬雲又做了一個翻譯社，怎麼做怎麼虧本。緊接著做了一個中國黃頁，又失敗了。馬雲又跑到北京開了一個合資公司，做不到半年還是失敗了。請大家想一想，如果你連做 4 個公司都失敗了，你會怎麼辦？你會怎麼想自己？你會想我天生不是幹這個事情的料，我天生是給別人打工的料，我再也不開公司了。

但馬雲想的是，前面的失敗是為了奠定未來做世界大公司的基礎。我終於看出了我和馬雲的區別。人的區別不在於家庭身份，不在於長相，不在於上什麼大學。請記住了，這個世界上，能掌管命運的就是你自己。沒有任何人能把你從泥濘中拉起來，只有你自己可以爬起來；沒有任何人可以阻止你前進，只要你自己往前走。這個世界上，90% 的人是追隨者，但你不是，請記住，你是來引領這個世界的！

酷點評

・藉由特定人物案例來抒發情感，能激起聽眾共鳴並營造氛圍。講者用馬雲的經歷為素材，一開始講屢敗屢戰，最後闡明主題：「生命需要不斷突破」，給人積極的力量。

借事達情

李連杰在〈一切困難都是為了讓我們更強大〉演講中說：

好像是在一次電話採訪中，一個記者曾問過我一個很好玩的問題：「李連杰，你這些年都是一帆風順，你是怎麼變得這麼強大呢？」這位記者採訪我之前，肯定沒做過認真準備。

首先，我從來不是一帆風順，我在朋友中有個外號，叫「死過 100 次的生還者」。從小我父親就過世了，家境實在太差，只好加入武術隊，靠每個月微薄的補貼養活全家。11 歲開始，我連續 5 次拿到全國武術比賽冠軍，18 歲拍了電影《少林寺》一夜成名，但立馬第二年我就摔斷了腿，差點成為廢人。好不容易等到《黃飛鴻》系列電影大賣，我的經紀人又遭黑道槍殺，事業再次陷入低谷……。

這些都不說，2004 年印尼海嘯時，我差點妻離子散命喪異地，當洪水就在你眼前肆虐時，那種內心的驚恐與不捨，又有多少人面對過呢？

酷點評

- 故事是演講中不可或缺的。把情感融入故事裡，能使講者入情入境，抒發胸中情懷，是非常管用的技巧。講者用一個個奇特的親身經歷，表達真摯情感，讓人無比動容。

融入自己的心路歷程，能讓聽眾感同身受

唐代文學家白居易說：「感人心者，莫先乎情。」意思是，沒有比由衷而發的感情更能打動人心。因此，演講要運用大量富含情感的材料，而準備材料時，融入自己的經歷和感受，才能使其充滿真實情感，讓演講更有力量，聽眾產生強烈共鳴。

遭人嘲笑的張衛健

張衛健的〈我是演說家〉演講中，有一段內容如下：

後來，我希望出去闖一闖，試試看自己的實力。當時我碰到一位香港的製作人，他找我拍一部戲，讓我開一個價錢。我就給了他一個很合理的價格，然後他這麼跟我說：「多少錢？你不要以為你演完孫悟空，在香港很紅。我告訴你，你在中國內地的知名度是零。送你一句話吧，記住：你的臉上沒毛呢，你是不值錢的。」

聽了這句話之後，我感覺好像有把刀插進我的心臟一樣。我就馬上收拾行李，毅然離開香港到了北京，成為一名北漂。我跟自己說：放下！放下你以前在香港做出的一切成績。以前——你是一個腕兒，現在——不是，將來——不知道。如果你想再一次成為一個腕兒的話，現在你要做的事呢，只有 8 個字，就是努力努力努力和努力！

酷點評

- 講者透過真實細節，敘述自己未成名前的尷尬經歷、受人輕視的過程，以及奮起拚搏的精神，這些與他之後的光鮮形成了鮮明對比，使演講高潮迭起、深具情感力道。

陷入低潮的徐小平

新東方創辦人之一的徐小平，在〈什麼時候出發都可以〉演講中說道：

2006 年的時候，新東方上市，我去了納斯達克，那天早晨我是第一個到達華爾街的。我心裡在祈禱，賓拉登如果要來攻擊美國的話，最好今天不要來，否則我們的上市就要推遲了。上市對一個創業者來說是最重要的時刻之一，它既是你過去奮鬥的一個終點，更是你未來夢想的一個起點。所以在那一瞬間，我覺得自己事業達到了頂峰。但是接下來的事，我完全沒想到，我作為早期的創辦人因為種種原因必須下車。

當時，我陷入了一個低潮，為什麼？因為我整個人生最寶貴的歲月就是 1996 年到 2006 年，新東方 10 年。把所有的時間、精力、激情和夢想，都傾注在這個事業裡，日日夜夜和俞敏洪、王強，吵也好鬧也好，笑也好哭也好，那個真的是人生最美好、最充實的時刻。突然之間失去了這一切，我心裡的落差太大了！

酷點評

- 講者先述說一個出人意料的公司與個人故事，再陳述自己在工作上的情感衝擊、跟好友共同奮鬥的場景，最後還將它們進行理性昇華，這樣的歷程波瀾起伏又震撼人心。

艱難無比的張超

歌手張超在電視節目《開講啦》當中，這樣說：

10 年前我辭掉了當老師的工作，瞞著家裡做音樂。當時的壓力特別大，做音樂要買很多設備，要花很多錢。我只有去打短工，找那種最髒、最累、最危險的活來幹。

第一份工作是到一個生產電池的工廠，那裡是計件工資制的，你幹得越多，你拿的錢越高。第 1 個月，我辛辛苦苦幹，掙了 4 千多塊錢（人民幣），就買了第一塊音效卡。第 2 個月，我聽說有一個高空作業的工作，就是架著梯子去布線，那個工作挺危險的，我去幹，拿了 6 千多塊錢，買了一台合成器。後來我又到餐廳裡去端盤子，買了一個錄音的麥克風。

等我把這些設備找齊了過後，我就在家裡面把我寫的歌製作成試聽帶，在網上一家家地找唱片公司，前後發了可能有 5 百多封電子郵件，卻紛紛石沉大海。好不容易等到了一封回信的時候，對方說你不要再給我們投歌曲來了，你的歌不行，太垃圾了。大家肯定能夠想像，這回覆讓我的心涼透了，但是我不管，我就是喜歡音樂，我就要堅持做音樂。

酷點評

・講者先敘述自己做音樂的種種刻苦努力，激發聽眾的同情心，然後話題一轉，引出「堅持不懈」的主題，讓人感受到正能量。情感充沛又緊密交織，使演講更加震撼。

第12堂

如何讓「結尾」簡捷有力？

演講的結尾經常會左右最後成敗，
因此需要高超的技巧，讓內容更有深度，
語言更有力度，才能使演講耐人尋味。

【總結法】學會 4 技巧，把握最基本的結尾方法

對於演講初學者而言，總結是最基本的結尾方式，具有突顯中心、強化主題、首尾呼應、畫龍點睛的作用。具體來說，總結式的結尾有以下幾種技巧。

概括全文式

在〈永照華夏的太陽〉演講中，講者提出哥白尼的地動說，隨後過渡到政黨的歷史，然後做出這樣的結尾：

我們是從哥白尼地動說中認識太陽，我們又是從歷史的遷徙中認識中國的政黨。80 年過去了，80 年鬥轉星移，日月變遷……。月亮離不開地球，地球離不開太陽。國家的未來、中華的騰飛，需要政黨的領導，也就是我們心中的太陽。

酷點評

- 在結尾概括全文主要內容來結束演講，告訴聽眾要表達的重點，若運用得好，能讓演講產生渾然一體的效果。
- 講者巧妙對比自然界的太陽與華夏兒女心中的太陽，總結歸納出結論，流露出對太陽的嚮往、對政黨的讚揚。

首尾呼應式

白岩松在〈人格是最高的學位〉演講中，說道：

很多很多年前，有一位學大提琴的年輕人，向 20 世紀最偉大的大提琴家卡薩爾斯討教：「我怎樣才能成為一名優秀的大提琴家？」卡薩爾斯面對雄心勃勃的年輕人，意味深長地回答：「先成為優秀而大寫的人，然後成為一名優秀和大寫的音樂人，再然後就會成為一名優秀的大提琴家。」

講到這裡，白岩松蕩開一筆，講自己在採訪過程中，了解到季羨林、冰心等世紀老人的動人事蹟，感受到老前輩人格的高尚。臨近演講的結尾，白岩松說：

於是，我也更加知道了卡薩爾斯回答中所具有的深意。怎樣才能成為一個優秀的主持人呢？心中有個聲音在回答：「先成為一個優秀的人，然後成為一個優秀的新聞人，再然後是自然地成為一名優秀的節目主持人。我知道，這條路很長，但我將執著地前行。」

酷點評

- 開頭先埋下伏筆，結尾再來照應，使演講曲折跌宕、布局巧妙、突出重點，讓聽眾留下深刻印象。
- 講者用首尾呼應的技巧大開大合，使內容高度集中，結構渾然一體，深化聽眾對主題的認識，引起強烈共鳴。

情感抒發式

某位知名作家在一次勵志演講中，講了 3 個從困境中走出來的人物故事，然後在結尾說道：

能夠破碎的人，必定真正活過。林黛玉的破碎，在於她有刻骨銘心的愛情；三毛的破碎，源於她歷經滄桑後一 那的明徹與超脫；梵谷的破碎，是太陽用黃金的刀子讓他在光明中不斷劇痛；貝多芬的破碎，則是靈性至極的黑白鍵撞擊生命的悲壯樂章。

如果說那些平凡者的破碎洩漏的是人性最純最美的光點，那麼這些優秀的靈魂的破碎則如銀色的梨花開滿了我們頭頂的天空。我們應該為這種優秀的靈魂讚嘆，更應該為之折服。在一個人的生命中，難道我們要渴求一帆風順、但十分脆弱的陽光嗎？對經歷了風雪後的勝利避之不談？我們更值得追求和為之努力。

酷點評

- 總結式結尾需要善於表達自己，借助語言、道具和儀態，來展現內心情感，才能發揮效果。
- 講者述說3個人物故事後，用一大段抒情話語，抒發自己的態度和觀點來結束演講，既傳達主題又感染聽眾。

主題昇華式

某位講者在〈不要輕易說不〉演講中，先陳述一個人的人生經歷，面對諸多挫折，放棄過、徘徊過，但最終透過努力，贏得自己想要的愛情和工作。最後，他這樣結尾：

人生，其實就是一次過程，很多事，很多人，失敗過，經歷過才會懂，才會成熟。當失敗來臨的時候，不要傷悲，而應該看作是一次成長的機會，一次鍛鍊的機會。衝過去會有更美好、更燦爛的生活等著你，更會有一番成就感；如果退而不前，那只能迎來更多的失敗，更多人生的遺憾。

當我們快要走完人生路時，回首這一生，特別是那些困難和失敗時，會覺得或許正是由於這些，豐富了我們的人生，戰勝、克服了它們，才讓我們的人生更加完美無瑕。

酷點評

- 主題昇華式偏向於感悟性的演講，由講者帶動聽眾一起完成精神的啟迪，獲得有益的觀點和營養。
- 講者借助人生故事訴說自己的感悟，再用一段主題昇華的語言結束，不僅深化內容更傳達觀點。

【幽默法】透過造勢、省略……，展現你的機智風趣

在多樣的演講結尾當中，幽默極有情趣。講者若能在結束時贏得笑聲，不僅是技巧成熟的表現，還給自己和聽眾都留下美好回憶，更讓人感受到智慧。如何才能達到這種效果呢？

造勢

知名作家老舍非常喜好幽默，他的文學作品充滿了幽默的智慧。在生活中，他也是運用幽默的高手。在某次演講中，老舍開頭就說：「我今天給大家談 6 個問題。」

在接下來的演講中，他按照順序講下去，第 1、第 2、第 3、第 4、第 5，井井有條地即將結束。談完第 5 個問題，他發現距離散會的時間不多了，於是他提高嗓門，一本正經地說：「第 6，散會。」聽眾起初一愣，不久就歡快地鼓掌。

酷點評

- 運用「平地起波瀾」的造勢藝術，結尾只有4個字，打破正常演講內容，出乎聽眾人意料，造成幽默效果。
- 講者構思演講時，已經為結尾布局。聽眾都認為他即將講第6點，他卻宣布散會，發揮了反差效果。

省略

全國寫作協會舉行年會，在開幕式上，政府各級相關官員依照職位高低，逐一發言祝賀。輪到某個區域代表發言時，活動已進行很長時間，馬上要開始下一個議程。

只見他緩緩地走上講台，然後說：「首先，我代表區委和區政府，對各位專家學者表示熱烈的歡迎。」掌聲過後，稍事停頓，他又響亮地說：「最後，我預祝大會圓滿成功。我說完了。」他以迅雷不及掩耳之勢，結束了發言。

酷點評

- 從「首先」一下跳到「最後」，省略中間所有內容，風格獨具，別出心裁，達到石破天驚的幽默效果。
- 請注意，這是根據當時情境而做出的應急對策。由於開幕式已拖得很長，因此採取省略的方法。

概括

某所大學中文系的畢業生茶會上，政府代表與彭教授的講話，主要是希望同學們繼續努力學習，還引用了政治家名言。第三個講話的潘教授朗誦了高爾基（Maxim Gorky）的散文詩《海燕》，勉勵畢業生學習海燕的精神。副系主任希望同學們永遠記住母校和老師。

緊接著，畢業生們請王教授講話。在毫無準備又難以推辭的情況下，王教授站起來，先簡單地回顧了數年來與同學們來的幾個難忘片段，最後一字一頓地說：

前面幾位給大家提出了殷切的希望，但我還是喜歡說他們說過的話。第一，我要祝同學鵬程萬里！第二，我希望同學們「學習、學習、再學習」。第三，我希望同學們像海燕一樣勇敢地搏擊生活的風浪。第四，我希望同學們不要忘記母校，不要忘記辛勤培育你們的老師們！

酷點評

- 概括前面幾個發言主題，卻不落窠臼，還展現機智與個性，不僅強化內容讓演講渾然一體，又產生幽默感。
- 在結尾時，真情流露怎麼會不動人？講者透露出對學生的殷切期望與祝福，引起強烈的反響。

【名言法】為內容提供有力證明，增強可信度

很多人做演講結尾時，喜歡運用名言、警句、諺語、格言、詩句。這種方式不僅讓語言表達得精煉生動，富有節奏和韻律，而且使內容豐富充實，具有啟發性和感染力，同時還給人一種別開生面的印象和感受。

名人名言

〈談毅力〉演講的結尾是這樣：「毅力是攀登智慧高峰的手杖；毅力是漂越苦海的舟楫，毅力是理想的春雨催出的鮮花。朋友，或許你正在向成功努力，那麼，運用你的毅力吧。這法寶可以推動你不斷地前進，可以扶持你度過一切苦難。記住：『頑強的毅力可以征服世界上任何一座高峰！』（此為狄更斯名言）

另外，陳凱歌在某次演講做結尾時，說道：「我是這樣一個人，我希望我的每一部電影，我都能夠當成第一部電影來拍，謙虛謹慎，向年輕人學習，向觀眾學習。同時內心又要驕傲，驕傲不是自傲，驕傲的含義是：『驕傲可以推得動自己，向較為理想的方向推動。驕傲是可以對自己有要求，驕傲可以不看輕自己。』我說的是輕重的輕。魯迅說：『一國有驕傲的國民，真是一國的幸福。』我拿這句話和在座的所有的年輕朋友共勉，做一個驕傲的人，做驕傲的事情！」

酷點評

- 奧維德說：「凡事的收尾貴如皇冠。」在演講結尾使用名人名言，能增加深度與可信度，讓人覺得有理有據。
- 兩位講者選用的名人名言，讓觀點深具說服力，使聽眾留下深刻印象。

詩詞古文

〈做個有氣節的人〉演講結尾是這樣的：「最後，我想提一提唐朝的政治家、文學家劉禹錫，他曾參與王叔文的『永貞革新』，革新失敗後，他被貶官到外地多年，但是他堅守氣節，並保持著樂觀向上的精神。『「沉舟側畔千帆過，病樹前頭萬木春』，他堅信新生事物一定會戰勝腐朽事物。我們又為什麼不能學他一樣，做個有氣節的人呢？」

再如某次經典詩歌朗誦比賽的結尾，主持人這樣講道：「中華文化博大精深，中華經典百年樹人。如今我們正在與經典為伴！與詩歌共舞！如今我們正在經典文化的陶冶中快樂著，成長著。『今日讀聖賢書，明日成棟樑材』，讓經典伴隨著我們成長，我們必將成為性情優雅、胸襟博大、智慧高遠的優秀人才。「誦讀中華經典美文，傳承華夏文明古風」，經典朗誦比賽到此結束，謝謝大家！」

酷點評

- 許棒說：「結句當如撞鐘，清音有餘。」演講如同寫文章，結尾要能讓聽眾反覆思考與琢磨。
- 好的結尾有如咀嚼乾果，品嘗香茗，令人回味再三。運用詩詞古文來收尾，會讓人過耳難忘。

格言警句

甘迺迪總統的就職演說在即將結束時，連續使用兩個相似的呼告語，使警句立即突顯出來，不僅新意盎然，而且頗有深刻寓意，彷彿黃鐘轟鳴，餘音不絕於耳。甘迺迪說：

不要問國家能為你們做些什麼，而要問你們能為國家做些什麼。不要問美國將為你們做些什麼，而要問我們能為人類的自由做些什麼。

酷點評

- 巧妙運用警句，能讓話語韻味無窮，留下難以磨滅的印象，因為格言警句通常都是短小精湛、意義深長。
- 若將情感和理智融為一體，並輔以反覆、倒序、排比等加強論證和感染力的技巧，也能留下名言。

【高潮法】含義要逐層加高，力度要逐句加重

當演講結尾時，講者設法最後一次撥動聽眾心弦，打動他們的心。若要採用高潮的方式，內容要有一定高度，因為這是全篇演講的概括和總結，從語言角度來說，語言的含義要一層高過一層，力度要一句比一句重。

呼告

在〈改革需要我們理解，時代呼喚我們奮進〉演講中，講者這樣結尾：

親愛的朋友們：改革正在呼喚著我們，克服改革面臨的困難，實現四化的歷史重任，已經責無旁貸地落在了我們的肩上。90 年代正在呼喚著我們，這將是一個挑戰與機遇同在，困難與希望並存的非常時期，是我們中華民族又到了最危險的時候！

起來吧！朋友們！祖國和民族考驗我們的時代到了，每一個有愛國之心、民族之魂的炎黃子孫起來吧！讓我們同心同德、艱苦創業，把強烈的憂患意識和愛國熱情，變為強國富民的創造性勞動，把加速民主政治建設，消除腐敗現象的願望，化為維護安定團結大局的實際行動，為共渡難關振興中華，起來吧！前進！前進！前進！

酷點評

- 呼告是抒發情感的常用方法，也是結尾技巧。透過直接呼告，激起好奇和鬥志，達到催人奮進的效果。
- 演講結尾採用呼告的技巧，容易把感情推向高潮，讓聽眾受到感染，進而與講者達成一致。

連續式的話語

在〈詩意地生活〉演講中，講者說道：

詩意地生活，讓人們體驗自由，無拘無束地遨遊於紛繁的世界。詩意地生活，是對自己的肯定，是看遍人生的大起大落，處變不驚的淡定與從容。詩意地生活，是對自己精神的負責，是在紛繁的物質生活的刺激下，堅持心靈的準則，是「舉世皆濁我獨清」的清醒。

詩意地生活，是對自己的褒獎，是在疲勞的奔波後，選擇悠閒的方式體驗輕鬆與自在。詩意地生活，更是勇敢的體現，不為利祿所羈絆，只為尋得心靈的享受，超然世外。選擇詩意地生活，選擇精彩的人生。

酷點評

- 連續的話語能提升氣勢，採用多個遞進的排比，引導聽眾穿越紛繁與疲勞，達到詩意地生活。

- 用連續來推動高潮，需要注意內容的充實和新鮮，不能不倫不類，使得聽眾覺得厭煩。

鋪陳

〈美是軍人〉演講是這樣結尾：

是啊，音樂家奉獻美，有了《英雄交響曲》、《國際歌》；科學家奉獻美，有了衛星、導彈、太空船；農民奉獻美，有了糧食、蔬菜；教師奉獻美，有造福社會的滿天桃李；而軍人，軍人也奉獻美，奉獻美的生活、美的社會，更奉獻個人的利益、生命和家庭。

於是，軍人的美便在犧牲中崇高無上，便在奉獻中燦爛奪目。軍人與大山為伍，與藍天做伴，與碧海相隨；軍人整齊、和諧、剛毅、威嚴；軍人勇於犧牲和奉獻。作為軍人，我們可以自豪地說：美在軍營，美在軍人。

酷點評

- 結尾時，鋪陳是十分實用的技巧，以「美在軍人」作結，達到演講的高潮，產生震撼人心的效果。
- 講者先拿音樂家、科學家、農民、教師作鋪陳，再延伸到軍人，很自然巧妙，也順勢點出軍人奉獻的觀點。

直白

在莎士比亞名劇《凱撒大帝》當中，布魯特斯（Marcus

Brutus）對市民說明他刺死好友凱撒都是為國為民時，在結尾用了直白的方法：

我要告訴諸君一聲：因為羅馬帝國，我不得不刺殺我的好友凱撒，刺死凱撒的便是我，便是這把短劍。假使他日我的行動和凱撒一般，請諸君就用這把短劍來刺我吧！要是大家的行為也有和凱撒一樣的，那麼這把短劍終是不肯饒過你的。請諸君認清這把短劍，請諸君認清賣國賊，認清愛國的好漢。

酷點評

- 雖然平鋪直敘，但懇切熱情的結尾點化主旨，為聽眾留下清晰、完整又深刻的印象。
- 這種方法配合良好的儀態、恰當的表情和手勢，更能發揮顯著的效果。

第13堂

最後小提醒！別踩「雷區」有4重點

演講過程中，聽眾情緒會直接影響演講效果。想提高演講水準，講者不但要了解該怎麼做，還要牢記雷區與禁忌，避免造成問題。

不想讓演講失去價值，就別文不對題

西漢學者劉向在《說苑・善說》中寫道：「夫談說之術，分別以明之。」這應該是對卓越演講的一個最早、最切中要害的見解。

許多人為了將道理說清楚、講明白，尋找相關材料來佐證自己的觀點，但是美國演講學家格魯內爾（Charles R. Gruner）提醒：「別讓演講成為材料的堆砌物，否則就失去張力。」然而，很多人犯下的錯誤，就是文不對題導致演講喪失價值。

選材偏離主題，演講離題千萬里

離題是演講的大忌，但很多講者容易被五花八門的材料所迷惑，不自覺地強加一些不符合主題的東西，造成演講脫離主題。例如，〈祭奠反法西斯勝利〉演講中有一段話：

我們有誰會忘記今天，一個永遠載入中國和世界和平史冊的日子？這一天，民族英雄林則徐在虎門海灘一聲令下，銷毀3,376,254 斤鴉片，隨著滾滾濃煙投進了銷煙池。 那間，數以萬計的民眾爆發出連波成浪的歡呼。這一天，窮凶極惡的日本侵略者，在原子彈的蘑菇雲和中國軍民的槍林彈雨中，降下它們的紅日旗，這大長了中國人的志氣。

雖然反法西斯戰爭勝利，但告誡我們：落後，就要挨打！所以，我們青年一代必須清醒地認識到：和平與發展雖是時代的主題，但要銘記過去的屈辱和警惕當今反華勢力的滲入。因為忘記過去就意味著背叛。今天，我們祭奠「反法西斯勝利」這段歷史，並不是發思古之幽情，而是把過去作為鏡子，更好地走向未來。

酷點評

- 此演講的敗筆在於選材偏離主題，雖然虎門銷煙是震驚中外的壯舉，能夠增強張力，但與法西斯沒有直接關係。
- 講者談話內容不僅無法借例說理，反而讓聽眾留下結構零淩亂的印象，顯得白費口舌。

選材料淺嘗輒止，演講隔靴搔癢

有些人誤以為，演講就是簡化思想讓聽眾消化，而在選材時淺嘗即止。結果，聽眾聽完後兩三秒就忘記內容，實在很可惜。例如，〈節儉是種美德〉演講中這樣說：

最近媒體報導，香港的億萬富翁、金利來集團董事局主席曾憲梓，他到香港 40 多年，沒有去過一次夜總會，沒有上過一次歌舞廳，現在每餐半碗飯、一點肉、一點青菜，一餐消費 10 元錢。他和貧困學生共進午餐，飯後他親手將沒有吃完的點心收集打包。此舉令在場的學子深深震撼！與此形成鮮明對比的是，國內某大飯店做一桌價值 20 萬元的滿漢全席，擺闊展示 3 天之後，一口未嚐全部倒掉！

顯然前者節儉是種美德，後者驕奢是種缺德。朋友們，節儉是種美德，讓我們行動起來，從我做起，厲行節約、反對浪費，使勤儉蔚然成風。

酷點評

- 這段演講找了2個形象鮮明、有說服力的材料，但最終效果平平，因為只是將它們陳列出來，並未深入說理。
- 講者沒有分析2種現象背後的原因，無法運用類比出來的內在關係，將主題推向高潮，因此給人蜻蜓點水的印象。

材料連而不緊，演講淺顯虛弱

還有一種情況值得注意，就是演講中一些看似切合主題的材料，禁不起推敲，只是連而不緊，導致內容無法豐富生動。例如，一位同學在競選體育委員的演講中說：

各位同學，你們好！有幸走上講台參加競選，我激動、感動而不會衝動。瞧我一頭簡潔的運動短髮、一身寬鬆的運動服、一雙高彈力運動鞋，不折不扣的乾淨俐落吧。這模樣當班長太風風火火，作學習委員嫌冒冒失失，任文娛委員又恐缺少內涵……。但是，當你腦海中閃過「體育委員」4 字時，不覺得眼睛為之一亮，胸襟為之一闊嗎？

我這造型絕對標準，不，簡直就是經典！對我的性別不滿意？很遺憾，那是爸媽給的，也是我唯一無能為力的地方。但是，人由自然製造，也可在某種意義上超越自然。何況，體育委員一職並非鬚眉的專利，巾幗同樣能撐起半邊天！大家平時不是戲稱我為「假小子」嗎？不難看出我有一股男生的衝勁闖勁，有一身男生的豪俠之氣。所以，請大家支持我！謝謝！

酷點評

- 講者的語言極具個性，但選用材料之間的聯繫鬆散，會讓聽眾覺得演講內容虛浮薄弱。
- 材料看似與「職位」相稱，卻只停留在表面，沒有上升到責任意識層面，無法讓人感受到擔當與決心。

不想惹人反感，就別自我炫耀

在演講中，講者可以展現自己，但要把握分寸，不要口出狂言、過度推銷，因為實事求是的內容才能真正打動人心。

吹噓自己道德高尚

有位同學在演講中這樣說：

我也曾經見義勇為過。我記得小時候，有一次坐車遇到一個小偷，當時他正在偷錢，我沒有絲毫猶豫，沒有絲毫膽怯，心裡只有一個念頭，就是絕不能讓小偷得逞。所以，我果斷地大喊一聲：「抓小偷！」

如果要問我哪來的勇氣，我想那就是內心的正義感。我相信，連我一個學生都敢站出來，車上的乘客不會袖手旁觀。如果他們真的事不關己，高高掛起，我也不怕，我也要一個人和小偷搏鬥，絕不退縮，因為不能讓邪惡戰勝正義！

酷點評

- 見義勇為值得讚揚和學習，但講者身為未成年學生，面對小偷時沒有絲毫猶豫和膽怯，有些不合情理。

- 在演講中，如果習慣美化自己，吹噓個人品格，展現英勇形象，會失去真實感與親切感。

吹噓自己的能力

一位中階公務員在演講中這樣說：

我忠誠，責任心強。守紀律，懂規矩。工作講究方法，領會意圖較快，完成任務堅決。特別是在 2003 年抗擊非典型肺炎的戰鬥中，高層採取果斷措施實施封閉管理，我負責對被隔離人員的服務與管理工作。受領任務後，我一頭扎進隔離區，夜以繼日地奮戰在抗擊非典的第一線，把高層的關懷送到每個被隔離人員的心坎上，使他們親身感受到大家庭的溫暖。

今年春節剛過，我隨一名主管到其他單位工作。80 多天中，我們克服各種困難，頂風冒雪，在零下 20 多度的長白山脈，行程 6 千多公里，深入基層督導工作、調查研究。形成 6 萬多字的報告材料，其中透過調查了解，形成報告的關於體制改革的大量資訊資料，引起相關部門的高度重視，經深層次考察和論證，認為很有推廣價值。

酷點評

- 講者通篇在強調自己能力多麼厲害，已做出多少貢獻，獲得怎樣的成績，哪怕是真實的，還是讓人覺得在炫耀。
- 演講這類主題時，不標榜自己的能力，而是多提及工作內容與細節，才會讓人覺得樸實和親切。

不想顯得虛假造作，就別曲解事實

演講應該真誠流露，而不是矯揉造作、虛情假意。如果內容不是講者的真實感受，就無法抓住並打動聽眾，無法收到「潤物細無聲」的效果。但在現實中，很多講者聲情並茂，但他們的演講聽起來便覺得虛假。

肆意歪曲事實

我曾到某家企業，為一場關於無私奉獻的演講比賽擔任評審委員，有位參賽者說：「我們工廠的王主任，去年十月結婚，他本來請了半個月的婚假，和妻子相約一起蜜月旅行。但就在他快結婚的時候，工廠突然有了緊急的生產任務。他毅然把所有的精力都投入生產當中。結婚前，他把婚禮的一切事情都交給妻子，自己卻埋身工廠工作；婚禮的第二天，他便出現在工作現場，計畫已久的蜜月旅行無限期延後……。」

他講到這裡，台下有很多人在竊笑。我小聲問坐在我後面的員工在笑什麼。對方說：「這事我們大家都知道，本來王主任想去旅行，但那時候老主任突然生病住院，工廠主任的位置懸空，他是為了爭這個官才決定加班。這講得也太假了。」

酷點評

- 真實是材料的生命力，若講者在加工材料時，肆意歪曲甚至篡改事實，即使情節再感人，也會讓人覺得虛假。
- 王主任放棄蜜月旅行而加班是事實，卻不是為了無私奉獻。講者因為主題需要就歪曲事實，無法感動聽眾。

借鑑老套橋段

幾年前，某個縣曾發生過一場大風災，一些樹木和房屋被刮倒。在抗災後，縣政府舉辦一次演講，其中有位講者說：

我們的任務是清理路障。幾公里長的公路，原本整齊栽種在兩旁的樹木七橫八豎地倒在路上。當時我們人員少，所有的設備也不過是幾輛大卡車，刮斷的樹木全要靠人力裝卸。上級給我們的時間只有一個下午，任務太艱巨了！

但此時，我腦海中閃現出許多英雄人物的事蹟：大慶鐵人王進喜，他們的條件比我們還要落後，但他們手拉肩扛運設備；鋼鐵戰線的老英雄孟泰，為恢復生產翻遍廢鐵堆回收材料，建成孟泰倉庫⋯⋯。和他們比起來，我們這點困難算什麼！

酷點評

- 現實生活中遇到困難時，腦中很少會浮現英雄人物，講者為了讓情節曲折，而對材料進行藝術加工。這種作法無可厚非，但橋段太老套會顯得矯揉造作，反而適得其反。

不想令聽眾霧煞煞，就別故弄玄虛

很多講者為了吸引聽眾注意，往往故弄玄虛，說出奇怪的話。但是，演講目的不是譁眾取寵，重要的是內容是否有道理。若不能提供實實在在的內容，即使講得再豐富、再巧妙，也無法讓人理解，進而發揮效用。

諸位、各位……在說什麼？

據說，軍閥韓複榘在山東省當主席時，參加某大學校慶並發表演講。他未開口倒也威風凜凜，但開口就原形畢露：

今天是什麼天氣，今天就是演講的天氣。來賓十分茂盛，敝人也實在感冒。今天來的人不少咧，看樣子大體有 5 分之 8 啦，來到的不說，沒來的把手舉起來！很好，都來了！

今天兄弟召集大家來訓一訓，兄弟有說得不對的，大家應該相互原諒。你們是文化人，都是大學生、中學生、留洋生。你們這些烏合之眾是科學科的，化學化的，都懂得七八國英文，兄弟我是大老粗，連中國的英文都不懂。你們大家都是筆桿子裡爬出來的，我是炮筒子裡鑽出來的。今天來這裡講話，真使我蓬華生輝，感恩戴德。其實，我沒有資格給你們講話，講起來嘛，就像對牛彈琴，也可說是鶴立雞群了。

今天，不準備多講，先講 3 個綱目。蔣委員長的新生活運動，兄弟我舉雙手贊成。就一條，行人靠右走，著實不妥。大家想想，行人都靠右走，那左邊留給誰呢？還有件事，兄弟我想不通。外國人在北京東交民巷都建立了大使館，就缺我們中國的。我們中國為什麼不在那兒建個大使館呢？說來說去，中國人真是太軟弱了。

第 3 個綱目，學生籃球賽肯定是總務長貪汙了。那學校為什麼會那麼窮酸？ 10 來個人穿著褲衩搶 1 個球，像什麼樣？多不雅觀。明天到我公館領筆錢，多買幾個球，1 人發 1 個，省得再你爭我搶的。

今天這裡沒有外人，也沒有壞人，所以我想告訴大家 3 個機密：第 1 個機密暫時不能告訴大家，第 2 個機密的內容跟第 1 個機密一個樣，第 3 個機密前面 2 點已經講了。今天的演講就到這裡，謝謝諸位。

酷點評

- 這番荒誕演講為何成為人們茶餘飯後的笑柄？具體來說，有3個敗筆：亂點鴛鴦、用詞不當；知識匱乏、胡言亂語；陰陽怪氣、話語多餘。

國家圖書館出版品預行編目（CIP）資料

你的聲音傳多遠，你的舞台就有多大：30秒打動人心的超級演講課！／林開平著
--初版. –新北市：大樂文化，2021.08
256面；14.8×21公分．--（Smart；109）

ISBN：978-986-5564-19-3（平裝）
1. 演說術　2. 說話藝術　3. 口才
811.9　110004239

SMART 109

你的聲音傳多遠，你的舞台就有多大

30 秒打動人心的超級演講課！

作　　者／林開平
封面設計／蕭壽佳
內頁排版／江慧雯
責任編輯／熊探吉
主　　編／皮海屏
發行專員／呂妍蓁、鄭羽希
會計經理／陳碧蘭
發行經理／高世權、呂和儒
總編輯、總經理／蔡連壽
出 版 者／大樂文化有限公司（優渥誌）
地址：220新北市板橋區文化路一段268號18樓之一
電話：（02）2258-3656
傳真：（02）2258-3660
詢問購書相關資訊請洽：2258-3656
郵政劃撥帳號／50211045　戶名／大樂文化有限公司

香港發行／豐達出版發行有限公司
地址：香港柴灣永泰道 70 號柴灣工業城 2 期 1805 室
電話：852-2172 6513　傳真：852-2172 4355

法律顧問／第一國際法律事務所余淑杏律師
印　　刷／韋懋實業有限公司

出版日期／2021年8月30日
定　　價／300 元（缺頁或損毀的書，請寄回更換）
I S B N　978-986-5564-19-3